조지
오웰을
읽다

세계문학을 읽다 6

조지 오웰을 읽다

이정관 지음

GEORGE ORWELL

머리말

사람들은 자신의 미래를 궁금해한다. 어떤 미래가 우리를 기다릴까? 미래는 희망일까, 절망일까? 많은 작가들이 작품을 통하여 미래를 이야기했지만 그 가운데 오랜 기간 우리의 머릿속에 남아 있는 작품이 조지 오웰이 쓴《1984》이다.《1984》속 미래에는 희망이 없다. 왜 그는 미래를 암울하게 그렸을까?

오웰이 살아간 시대에 제1차 세계대전과 제2차 세계대전이 일어난다. 그가 산 세상은 제국주의와 전체주의가 판을 친다. 그가 산 시대는 두 번의 세계 전쟁과 스페인 내전, 세계 대공황 등 아픈 역사의 시대였다. 그는 이 암울한 역사를 온몸으로 부딪치며 행동으로 자신의 가치를 표출한다. 옳다고 믿는 신념을 위해 행동한다. 어느 때는 직접 전쟁에 참전하기도 하고, 직접 사건의 현장을 방문하기도 한다. 그리고 그가 본 현장을 글로 표현한다. 그가 옳다고 믿는 신념을 피력한다. 그는 아는 만큼 행동하는 지식인이었다.

대부분 사람들은 그를 소설가로 알고 있지만 그는 시대를 이야기하는 칼럼니스트이기도 했다. 수많은 칼럼과 에세이를 통해 올바른 시대정신을 이야기한다. 어느 때는 전투적으로, 어느 때는 서정적으로 자신의 신념을 풀어나간다. 자신의 정치적 신념을 예술적으로 표현해 나간다.

그래서 그의 작품 대부분은 현장의 이야기이다. 어느 현장의 이야기는 직접 칼럼과 에세이로 표현한다. 어느 현장의 이야기는 르포르타주 형식으로 풀어나간다. 어느 현장의 이야기는 소설로 표현한다. 그리고 어느 이야기는 우화로, 미래 세계로 이야기를 만들어 우리에게 내놓는다.

그가 쓴 많은 에세이들은 어린 시절의 학교생활, 버마에서의 식민 경찰, 스페인 내전 참전, 노숙인 생활 등 그가 경험한 세상의 이야기를 풀어놓는다. 그래서 이 에세이들은 그가 무엇을 생각하고 살아갔는지를 알게 해준다. 그가 어떤 신념으로 살아갔는지를 알게 해준다.

《파리와 런던의 밑바닥 생활》은 조지 오웰이라는 이름으로 쓴 최초의 책이다. 파리와 런던에서 5년여 동안 밑바닥 생활을 하던 시절의 이야기를 자전적으로 쓴 르포르타주이면서 1인칭 시점의 소설이다. 가난한 삶의 모습을 사실적으로 묘사하고 이 가난의 문제를 사회적으로 분석한다. 이 책은 가난한 삶을 살았던 자신의 이야기이며, 그 시절에 만난 가난한 사람들의 유머러스한 세상 이야기이다.

《버마의 나날》은 제국주의 경찰로 버마에서 5년 동안 근무하면서 느꼈던 좌절을 주인공 플로리를 통해 비극적으로 풀어낸 소설이다. 유럽인 클럽이라는 소재를 중심으로 풀어나가는 이 소설은 제국주의의 실상, 식민지 버마의 현실 등을 다양한 인물군을 통하여 보여준다. 특히 이러지도 저러지도 못하는 플로리의 모습은 작가 오웰의 모습과 겹쳐지면서 그가 버마에서 5년 동안 어떤 삶을 살았을지를 상상하게 해준다.

《동물농장》은 오웰이 작가로서 성공한 최초의 작품이다. 민주적 사회주의자였던 그는 스페인 내전에서 맞닥뜨린 소련 사회주의 체제에 대한 분노로 이 작품을 구상한다. 1937년 스페인에서 돌아온 후부터 구상하여 1943년 11월부터 쓰기 시작하고 1944년 2월에 완성한다. 이 작품은 자신이 신뢰하는 사회주의가 독재와 전체주의로 망가져 가는 안타까움을 동물들을 통해 풍자한다. 혁명이 독재와 전체주의에 의해 어떻게 실패하는지를 우화를 통해 풍자한다.

《1984》는 전체주의를 반대하고 민주적 가치를 지지하던 조지 오웰이 《동물농장》의 성공에 힘입어 새롭게 구상하여 쓴 소설이다. 전체주의에 의해 주인공 윈스턴이 어떻게 무너지는가를 1984년이라는 미래의 공간을 통해 보여준다. 이 소설은 인간성을 지닌 마지막 인간 윈스턴이 고문에 의해 전체주의를 찬양하며 인간성을 잃어버리는 결말을 통하여 전체주의의 해악을 비극적으로 그린다.

언제나 자유와 품위를 꿈꾸었던 조지 오웰. 그는 다양한 작품을 통해 자유로운 삶과 품위 있는 인간을 그려나간다. 어떤 작품에서는 현실의 모습을 통해서, 어떤 작품에서는 가상의 현실을 통해서. 절망적인 시대를 살아갔지만 그는 그 절망을 희망으로 바꾸려고 글을 쓴다. 삶의 비극 속에서 희망을 꿈꾼다.

우리가 살아가는 시대 또한 희망만 존재하는 것은 아니다. 이런 상황 속에서 조지 오웰의 작품을 읽으며 현실의 문제가 무엇인지도 파악하고, 비전 있는 미래를 꿈꾸면 좋겠다. 우리 또한 그처럼 자유를 꿈꾸며 품위 있는 인간이 되면 좋겠다.

차례

01

조지 오웰의 삶과 작품 세계

1. 조지 오웰의 삶

조지 오웰은 1903년 영국의 식민지였던 인도에서 태어나 1950년 폐결핵으로 생을 마감했다. 그는 두 번의 세계대전과 대공황 등 인류 역사상 가장 역동적인 시대를 온몸으로 살아간 사람이다. 오웰은 시대를 거스르고 정치사상을 거스르며 제국주의, 파시즘, 전체주의, 교조주의*, 스탈린 체제와 싸웠다. 그래서 좌우 모두에게 환영받지 못하고 이단아의 삶을 살았으나, 우리에게 에세이와 소설로 그 시대를 온전히 남겨놓은 작가이다.

에릭 아서 블레어. 우리가 조지 오웰로 알고 있는 작가의 본명이다. 오웰은 1903년 6월 25일 인도의 벵갈 지역에서 태어났다. 그가 두 살 때, 여섯 살인 누나 마조리의 교육 때문에 어머니와 함께 영

* 교조주의 특정한 가르침이나 사상을 절대적인 것으로 받아들여 현실을 무시하고 이를 기계적으로 적용하려는 태도.

국으로 돌아왔다. 영국의 식민지에 살고 있던 영국인들은 여섯 살이 되면 영국으로 돌아와 교육을 받아야 했기 때문이다. 영국 행정부 공무원으로 인도 정부 아편국의 하급 관리였던 오웰의 아버지는 1912년에야 영국으로 돌아오게 된다.

그러니까 오웰은 여덟 살이 되어서야 아버지와 함께 생활하게 된 것이다. 그러다 보니 어린 시절 오웰의 기억 속 아버지는 무뚝뚝하고 나이가 많은 사람이었다. 그리고 그의 글에서도 아버지에 대한 이야기는 《동물농장》 서문에서 인도 총독부의 공무원이라고 밝힌 것과 에세이에 쓴 "여덟 살이 되기까지 거의 보지 못했던 무뚝뚝한 노인"이라는 두 번의 언급뿐이다. 어린 시절에 아버지의 사랑을 느끼지 못하고 자란 오웰은 37년간 보수적인 식민지 관료였던 아버지를 자랑스럽게 생각하지 않았을 뿐만 아니라 오히려 부끄럽게 여겼다. 아마도 아버지의 근무처가 아편국이었다는 사실 때문에 더 그랬을 것이다.

아버지의 월급과 이후 아버지의 연금으로 생활하던 오웰의 가정은 그리 부유하지 않았다. 그러나 어린 시절부터 총명했던 오웰은 서섹스의 이스트번에 있는 세인트 시프리언스에 반액 장학금을 받고 입학할 수 있었다. 이때부터 오웰은 가난을 몸으로 체득하며 굴욕적인 생활을 경험하게 된다. 모욕을 느끼고 상처를 받고 체벌을 당하며 주입식 교육을 받던 이 시기의 생활은 그의 에세이 〈정말, 정말 좋았지〉에 잘 드러나 있다.

세인트 시프리언스를 졸업하고 그는 명문학교인 이튼칼리지 장학생으로 진학했다. 세인트 시프리언스 시절보다 괴롭지는 않았으나, 그는 그리 특별하지도 모나지도 않게 이튼에서 생활한다. 이튼의 졸업생들 대부분이 명문대학교로 진학했지만, 그는 대학 진학을 포기하고 인도청 경찰국에 지원하여 경찰공무원으로 근무하게 된다.

그러나 오웰은 그가 태어난 인도가 아닌 버마(지금의 미얀마)에서 근무하게 되었다. 탁월한 언어 능력을 가졌던 그는 힌두어와 버마어를 익혀 버마에서의 경찰 생활에 잘 적응했다. 그러나 오웰이 경찰로 근무했던 1920년대는 버마 역사에서 가장 심한 억압의 시대였다.

오웰은 자신의 직업에 대해 처음부터 회의를 가진 것은 아니었지만, 당시 버마의 시대 상황과 맞물려 점차 제국주의 경찰의 삶에 회의를 느끼게 된다. 사형장으로 향하는 사형수가 웅덩이를 피하느라 몸을 비키는 것을 보고 사형의 불가사의함과 부당함을 인식하는 〈교수형〉과 날뛰던 코끼리를 총으로 사살하며 자신이 제국주의의 지배자가 아니라 꼭두각시임을 알아가는 〈코끼리를 쏘다〉는 이때의 삶을 잘 표현하고 있다.

버마 생활 5년이 되던 해, 휴가를 얻어 영국으로 돌아온 오웰은 더 이상 버마로 돌아가지 않기로 마음먹고 경찰직을 그만둔다. 버마에서 제국주의 경찰 생활을 하면서 생긴 죄의식과 수치심이, 식민지국을 탄압하는 제국주의의 일원이었다는 사실이, 그를 더 이상 버마로 돌아가지 못하게 했을 것이다. 이 시절의 경험은 장편소설《버마의 나날》이라는 작품을 낳았다.

1928년 봄, 갑자기 그는 파리로 떠난다. 왜 파리에 갔는지는 그의 자전적 소설인《파리와 런던의 밑바닥 생활》프랑스판 서문에 간단히 언급되어 있다. 값싼 생활비로 소설을 쓰기 위해, 그리고 프랑스어를 배우기 위해 갔다고 한다. 그는 그곳에서 빈민층이 거주하던 곳에 터를 잡고 빈민들과 함께 생활한다. 이 시절은 대공황 시대로 프랑스에서 외국인이 직업을 갖는 것이 불법이던 때였다. 하지만 그는 영어 과외, 박봉의 교사, 접시닦이, 주방 보조 등의 직업을 전전하며 최악의 빈민 지역에서 생활한다. 그러면서 그는 이곳에서 5편의 글을 발표하기도 했다.

그러다 1929년 겨울, 영국으로 다시 돌아와 파리에서와 같이 빈민 생활을 했다. 이때의 경험은 노숙자를 위한 임시 무료 수용소 생활을 사실적으로 묘사한 에세이〈스파이크〉의 소재가 되었으며,《파리와 런던의 밑바닥 생활》의 후반부 이야기가 되었다.《파리와 런던의 밑바닥 생활》은 전반부에서 파리의 생활을, 후반부에서 영국의 생활을 담고 있는데, 이 소설은 그가 처음으로 조지 오웰이라는 필명으로 쓴 작품이다.

영국으로 돌아온 오웰의 삶은 여전히 가난했다. 그는 부모가 사는 사우스월드에 머물면서 주로 글을 쓰며 살아갔다. 간간이 부랑자들이나 노동자들과 어울리기도 하고 노숙을 하기도 했으며, 부랑아 임시 숙소에 들어가기 위해 빈속에 위스키를 마시기도 했다. 미들섹스의 헤이스에 있는 호손스에서 파트타임 교사 생활도 1년여 동안 하면서 《파리와 런던의 밑바닥 생활》을 탈고하고 《버마의 나날》을 집필하기 시작한다.

오웰은 긴 시간 동안 《파리와 런던의 밑바닥 생활》을 다듬고 고쳐 원고를 완성했지만 몇 차례 출판사로부터 거절당했다. 그러다가 1933년 1월 골란츠 출판사에서 조지 오웰이라는 이름으로 출판하게 된다. 에릭 아서 블레어가 아닌 조지 오웰이라는 필명으로 바꾼 이유는 아마 가족의 명예를 위해서였을 것이다. 이후 그는 조지 오웰이라는 이름으로 많은 에세이와 소설을 썼다.

《파리와 런던의 밑바닥 생활》이 약간의 성공을 거뒀다고 해도 그의 삶은 여전히 가난했다. 생활고를 해결하기 위해 프레이스 고등학교에 교사로 취직했으나 폐렴으로 입원하면서 3개월 만에 그만두었다. 이후 헴스테드의 한 책방에서 점원으로 15개월 동안 일했다. 이때의 경험은 자전적 소설 《엽란(葉蘭)* 을 날려라》의 배경이 되었다. 이 시기에 그는 많은 책을 출간했는데, 1934년에 《버마

* 엽란(葉蘭) 백합과의 여러해살이풀. 옆으로 뻗는 뿌리줄기의 마디에서 잎이 나온다. 잎은 자루가 있고 짙은 녹색이며 타원형이다. 4~5월에 한 개의 어두운 자주색 꽃이 꽃줄기 끝에 피고 열매는 녹색 또는 누런빛을 띤 갈색의 장과(漿果)로 익는다. 뿌리줄기와 종자는 약용하고 관상용으로 재배한다.

의 나날》, 1935년에 《목사의 딸》, 1936년에 《엽란을 날려라》를 출간했다. 대체로 이때까지 그의 글은 자전적이었으며, 허구와 기록을 혼합한 형식의 글이 주를 이루었다.

작가로서 조금 알려진 오웰은 자신의 책을 출판했던 골란츠로부터 한 가지 제안을 받는다. 골란츠는 오웰이 직접 영국 북부 노동자들의 생활을 취재하고 나서 그 내용을 책으로 책을 써줄 것을 제의했다. 오웰은 이를 수락한 뒤 북부 카번트리, 맨체스터, 위건 지역 광부의 삶을 2개월 정도 취재했다. 그곳에서 그는 광부들의 힘겨운 노동 현장과 절망적인 경제 상황을 몸으로 느끼고 돌아온다. 이 북부에서의 경험을 기록한 일기를 바탕으로 쓴 책이 《위건 부두로 가는 길》이다. 그는 이 책 1부에서 북부 노동자들의 실상을 묘사하고, 2부에서는 사회주의의 문제점이 무엇이고 그가 왜 사회주의자가 되려고 하는지를 밝힌다. 이 책은 오웰이 사회주의자임을 밝힌 첫 번째 작품이다.

오웰은 1936년에 월링턴의 작은 교회에서 아일린과 결혼한다. 여전히 가난했던 오웰은 조그만 식료품점이 딸린 집에서 신혼살림을 시작했다. 그리고 그는 동네 꼬마들에게 사탕을 팔고, 텃밭을 일구고, 가축을 기르며 집필에 몰두했다.

1936년 여름, 스페인 내전이 일어나자 오웰은 전쟁에 참여하기 위해 스페인 바르셀로나로 향했고, POUM(마르크스주의 통일노동자당) 소속의 민병대원으로 전쟁에 참여하게 된다. '공동의 존엄을 위해', '파시즘에 대항해 싸우기 위해' 국제여단의 일원이 되어 전쟁에 참여했다.

그러나 스페인 공화파를 돕던 세력들 사이에 갈등이 생겨 오히려 스탈린을 지지하는 공산주의자들에게 탄압받는다. 이런 상황에서 적군 저격병의 총알이 그의 목을 관통하고, 이에 후방으로 이송되어 치료를 받았다. 그러는 동안 정치 상황이 더 나빠져 POUM이 불법 조직으로 몰리게 된다. 체포 위기에 몰린 오웰은 프랑스로 탈출한 후 영국으로 돌아왔다.

오웰은 이 스페인 내전의 체험을 바탕으로 《카탈로니아 찬가》를 집필했다. 오웰의 책을 두 권이나 냈던 골란츠는 소련을 비판하는 내용이 못마땅하여 출판을 거절했고, 프레데릭 워버그 출판사와 계약하여 출간하게 되었다. 연대기 순으로 쓴 이 책은 "훌륭한 책이 되었을 것을 신문기사로 만들어놓았다."라는 혹평을 받기도 했고, "르포르타주적 성격을 띤 일종의 사실적 보고서라는 인상이 짙게 풍긴다."라는 비평을 받기도 했다. 그래서인지 이 책은 상업적인 성공을 거두지는 못했다.

사회주의자였던 오웰은 스페인 내전의 경험을 통해 많은 생각을 하게 되었다. 스페인 내전에서 소련이 보여준 행태를 보며 소련 체제에 대해 강한 불신을 가졌다. 또한 소련의 행태에 침묵하거나 동조하는 좌파지식인에 대한 분노와 혐오도 커졌다. 여기에 그가 맞닥뜨린 전체주의의 문제를 해결하지 않으면 안 된다는 교훈도

얻게 되었다. 이러한 생각들은 훗날《동물농장》,《1984》등의 작품을 구상하는 데 큰 영향을 미쳤다.

쉬지 않고 해오던 글쓰기, 심해진 폐렴, 그리고 스페인 내전에서의 총상 등이 오웰을 피폐하게 만들었으며, 이로 인해 1938년 결핵에 걸리게 되었다. 심각한 각혈로 입원한 오웰은 따뜻한 곳에서 지내라는 의사의 권유로 모로코로 요양을 떠났다. 그는 이곳에서 여행을 다니면서 프랑스의 식민지인 모로코의 가난을 목격한다. 이때의 경험을 토대로 에세이〈마라케시〉와 장편《숨 쉬러 올라오기》를 썼다. 이 두 작품은, 그가 경찰로 있던 버마보다 모로코가 더 절망적이라고 느껴서인지 전체적인 분위기가 어둡다.

오웰은 1년여 동안의 모로코 생활을 마치고 웰링턴 시골집으로 돌아왔다. 그는 주로 글을 쓰면서 텃밭을 가꾸고 염소와 닭을 기르며 생활했다. 오웰은 아버지를 미워한 적도 있었지만, 나이가 들어가면서 아버지를 이해하고 화해도 이루었는데, 이 시기에 아버지가 82세의 나이로 숨을 거두고 말았다.

1939년 9월 제2차 세계대전이 일어나면서 잡지 발간이 중단되는 바람에 오웰의 생활은 더 어려워졌다. 이듬해 에세이집《고래 뱃속에서》를 출간한 뒤 오웰은 웰링턴에서 런던으로 이사하여 전투원으로 지원했는데, 결핵 때문에 전투원이 되지 못하고 민방위군에 합류했다. 그가 전투원으로 지원한 이유는 파시즘과 나치즘으로 대표되는 전체주의에 대항하기 위해서였다. '전체주의라는 최악에 대응한 차악의 제국주의를 위해' 그는 제2차 세계대전에 자신의 방식으로 참전한 것이다. 《트리뷴》이라는 좌파 잡지에 실린 "노동자 계급이 사는 아파트의 벽이나 그들의 오두막에 걸려 있는 소총은 민주주의의 상징이다. 우리의 임무는 그것이 거기 걸려 있는 것을 보는 것이다."라는 글처럼, 오웰은 민방위군을 잘 훈련하면 훌륭한 전투 세력이 되고 민주적인 인민군대가 되어 정부의 폭정에도 대항할 수 있겠다고 믿었다.

민방위군 활동과 영화평을 쓰며 생활하던 오웰은 1941년 BBC에 입사하여 인도 전담 프로듀서를 맡아 라디오 프로그램을 제작했다. 이때 동아시아 방송 편집회의를 했던 장소인 포틀랜드가 55번지 101호실은 그의 대표작 《1984》의 '가장 끔찍한 일이 벌어지는 101호실'의 모태가 되었다. 그러다 건강 문제로 민방위군 활동도 그만두고 BBC도 사직한 뒤 《트리뷴》의 문예 부문 편집장이 되었다. 그리고 《동물농장》을 쓰기 시작한다.

《트리뷴》의 문예 부문 편집장으로 일하면서 조금 여유로워진 오웰은 조금 더 큰 집으로 이사하여 지하에 목공 작업실을 만들기도 하고, 사람들을 초대하기도 하며 다른 때보다 사교적으로 생활했다. 이즈음에 어머니가 세상을 떠나고 난 뒤, 아이가 없던 오웰 부부는 갓난 남자아이를 입양한다. 아이를 입양하고 나서 오웰 부부의 생활은 좀 더 여유로워졌다. 오웰은 그간 보여주지 않던 원고를 아내와 함께 보며 토론도 하고 아내의 비평과 제안을 받아들이기도 했다. 이처럼 입양 이후 가정적으로도 안정을 얻었으나, 1945년 3월 아내 아일린이 종양 제거 수술을 하다 사망하고 말았다.

러시아가 연합국 일원이라는 정치적 이유로 출판이 지연되었던 《동물농장》이 1945년 8월에 출간되었다. 《동물농장》은 전쟁 후의 분위기에 힘입어 세계적인 성공을 거둔 그의 대표작으로, '미국 이달의 책클럽'의 도서로 선정되어 50만 부가 넘게 팔려나갔다. 이로써 그는 작가 생활 20년 만에 경제적인 걱정에서 벗어났고, 더불어 유명 작가가 되었다. 그렇지만 그는 여전히 글을 쓰는 데 몰두했고, 《1984》를 본격적으로 쓰기 시작한 1947년까지 무려 130편에 이르는 에세이를 써냈다.

아내가 죽고 난 후 오웰은 1946년 스코틀랜드 주라섬으로 이주했다. 이곳에서 정원을 가꾸고 낚시와 사냥을 하며 생활하던 그는 몇 년 전부터 구상하던 작품을 쓰기 시작한다. '유럽 최후의 남자'라는 제목으로 쓰기 시작했는데, 건강이 악화되어 앓아누워 가면서까지 초고를 완성했다. 그러나 결국 폐결핵 진단을 받고 런던으로 돌아가 입원할 수밖에 없었다. 몸을 조금 회복한 오웰은 주라섬으로 다시 돌아가 집필에 매달려 끝내 《1984》라는 제목으로 작품을 완성했다. 영국과 미국에서 동시 출간된 《1984》는 출간되자마자 평단과 대중의 갈채를 받았다.

건강이 나빠져 다시 병원에 입원한 오웰은 소냐 브라우넬과 병실에서 1949년 결혼식을 올렸다. 이후 스위스로 요양을 떠나기로

한 며칠 전인 1950년 1월 21일 47세의 나이로 생을 마감한다. '에릭 아서 블레어 여기 잠들다. 1903년 6월 25일생, 1950년 1월 21일 몰'이라는 묘비명만 남긴 채.

2. 글을 쓰게 된 이유

조지 오웰의 글을 이해하기 위해서는 그가 '왜, 어떻게, 무엇을 위해' 글을 썼는지를 알아야 한다. 그가 어떤 마음으로 글을 써왔는지는 1946년 여름에 발표한 에세이 〈나는 왜 쓰는가〉에 잘 드러나 있다.

> 나는 생계 때문이 아니라면 글을 쓰는 동기가 크게 네 가지라고 생각한다. 이 동기들은 작가들마다 정도의 차이가 있으며, 같은 작가라도 시기나 시대 상황에 따라 그 정도가 다를 것이다. 그 네 가지는 다음과 같다.
>
> ① 순전한 이기심: 똑똑해 보이고 싶은, 사람들의 이야깃거리가 되고 싶은, 사후에 기억되고 싶은, 어린 시절 자신을 푸대접한 어른들에게 앙갚음하고 싶은 등등의 욕구를 말한다.
> ② 미학적 열정: 외부 세계의 아름다움에 대한, 또는 낱말과 그것의

적절한 배열이 갖는 묘미에 대한 인식을 말한다.

③ 역사적 충동: 사물을 있는 그대로 보고, 진실을 알아내고, 그것을 후세를 위해 보존해 두려는 욕구를 말한다.

④ 정치적 목적: 세상을 특정 방향으로 밀고 가려는, 어떤 사회를 지향하며 분투해야 하는지에 대한 남들의 생각을 바꾸려는 욕구를 말한다.

오웰은 이 네 가지 동기 가운데 네 번째 '정치적 목적'이 앞의 세 가지 동기보다 앞선다고 말했다. 그 이유로 그는 시대적 상황을 이야기한다. 그는 버마에서 일해 본 경험 덕분에 제국주의의 본질을 이해할 수 있었으며, 이 제국주의를 무너뜨리기 위한 정치적 목적으로 글을 썼다. 스페인 내전 이후 전체주의에 맞서고 민주적 사회주의를 지지하기 위해 글을 썼다. 제국주의와 전체주의가 판을 치는 상황에서 그는 이 제국주의와 전체주의에 맞서기 위해 글을 쓴 것이다. 거기에 빈곤으로 인한 좌절을 겪으면서 노동계급의 존재를 충분히 이해한 그는 노동계급을 위한 글도 썼다.

평화로운 시절이었으면 앞의 세 가지 동기가 더 중요했을지도 모른다. 그러나 제국주의와 전체주의가 판치는 시대 상황에서 그는 정치적 목적을 위해 글을 쓴다고 했다. 편향적이라고 할지라도 옳다고 믿는 정치적 신념을 위해 글을 쓴 것이다. 그래서 그는 '정치적 글쓰기를 예술로 만드는 일'을 가장 하고 싶었다고 했다. '정치적 목적'으로 글을 썼더라도 '미학적 열정'과 '역사적 충동'이 존재하는 글을 쓰고 싶었던 것이다. 그는 이러한 정치적 목적과 예술적 목적을 하나로 융합해 보려고 쓴 작품이 《동물농장》이라고 했다.

오웰은 글을 통해서 세상을 바꾸고 싶어 했다. 그는 길지 않은 생애 동안 소설 6권, 르포 3권, 에세이집 2권을 썼다. 그러나 이 책들보다 더 많은 수백 편의 길고 짧은 에세이를 썼다. 칼럼, 서평, 영화평 등을 통해 그 시대의 모든 이야기를 풀어나갔다. 그래서 미국의 평론가 어빙 호우는 조지 오웰을 '작가이지만 최고의 에세이스트'라고 평했다. 오웰은 정치적 목적을 위해 칼럼니스트가 되어 끊임없이 시대를 이야기했다.

3. 가난의 철학

"가난한 아이에게 가하는 가장 잔인한 형벌은 그를 부자학교로 보내는 거야. 가난을 의식하게 된 아이는 어른들이 상상할 수 없을 정도의 속물적 고뇌로 고통을 받게 되거든."

이 대사는 《엽란을 날려라》에서 콤스톡이 한 말이지만 오웰 자신의 이야기이기도 하다.

그는 어린 시절 세인트 시프리언스에 다녔다. 짧은 소설 같은 〈정말, 정말 좋았지〉라는 에세이는 그가 1911년부터 1916년까지 다녔던 이 학교에 대한 이야기이다. 이 글에는 반액 장학생으로 들어간 그가 어떻게 가난 때문에 이 학교에서 차별받았는지가 생생하게 기록되어 있다.

> 부잣집 아이들은 오전에 따로 우유와 비스킷을 먹었다. 그리고 일주일에 한두 번은 승마 교육을 받았다. 교장의 아내인 플립은 그 아이들을 엄마처럼 챙겨주었고, 성이 아닌 이름을 불렀다. 그리고 무엇보다 그들은 절대 체벌을 당하지 않았다. 부모가 멀리 떨어져 있는 남미 아이들을 제외하면, 아버지의 연간 수입이 2000파운드(요즘으로 치면 320만원 정도) 이상인 아이가 삼보(교장)에게 맞은 적은 없다. 하지만 때로 삼보는 학교의 명성을 위해서 경제적 이익을 기꺼이 포기하기도 했다. 장학금을 받고 명문 사립학교에 진학하여 학교의 명예를 높여줄 만한 아이라고 생각되면 학비를 많이 깎아주고 특별히 데려오는 경우가 이따금 있었다. 내가 세인트 시프리언스에 오게 된 건 바로 그런 경우였다. 그렇지 않았다면 내 부모가 나를 그렇게 비싼 학교에 보낼 엄두도 내지 못했을 것이다.

아직 어렸던 오웰은 이 학교에서 가난 때문에 차별받는다. 간식도 다르고, 배우는 과목도 다르고, 불리는 방식도 달랐다. 더욱이 가난하다는 이유로 체벌까지 당하며 교육을 받아야 했다. 어린 시절부터 그는 가난 때문에 차별받으면서 가난의 의미를 더 깊게 생각했을 것이다. 오웰은 반액 장학생이기 때문에 받는 수모를 온몸으로 견디며 빈부 차별을 뼈저리게 느낀다. 거기다 성적을 올리기 위해 이뤄지는 학교 폭력과 오줌싸개라 불리면서 겪는 수치심은 가난으로 인한 차별과 더해져 가난한 자에 대한 연민과 연대 의식을 키우게 만들었다. 즉 오웰은 이곳에서의 경험을 통해 가난은 개인의 문제가 아니라 계급의 문제이며, 이는 관계의 문제로 이어진다는 것을 인식하게 된 것이다.

오웰이 1927년 버마에서 돌아와 1936년 위건 부두로 떠날 때까지 쓴 네 권의 책은 '빈곤'을 소재로 하고 있다. 이 가운데 자전적 소설이자 르포르타주인 《파리와 런던의 밑바닥 생활》에는 가난에 대한 그의 깊은 통찰이 드러난다.

> 사람이 처음으로 가난을 실감하게 되면 뭐라 말하기 어렵다. 늘 가난에 대해서 생각해 왔고 그런 순간이 두려웠지만, 머지 않아 겪게 될 거라고 각오하고 있었다. 그런데 막상 실감하니 매우 무미건조하고 생소하다. 몹시 단순할 거라고 생각했지만 실제로는 굉장히 복잡하다. 무서울 거라고 여겼지만 궁상맞고 진절머리 날 뿐이다. 처음에 맞닥뜨리는 것은 가난이 지닌 특유의 구차함이다. 즉 마지못해 쓰는 편법, 비굴한 쩨쩨함, 빵 부스러기까지 쓸어 먹는 일 따위이다.

가난을 자발적으로 선택한 사람의 체험기 같은 이 작품은 가난한 삶을 사실적으로 묘사하고 있다. 대도시의 뒷골목, 어둠에 가려진 구질구질한 뒷골목에서 살아가는 밑바닥 인생이 사실적으로 그려진다. 그러나 오웰은 구차스럽고 쩨쩨해지는 가난한 삶 속에서도 바래지 않은 인간의 참된 모습을 발견한다. 나아가 위선적이고 형식적인 사회 제도를 날카롭게 파헤치며, 가난을 어떻게 구제해야 하고 어떻게 하면 가난한 삶을 개선할지 그 대책을 제시한다. 독자에게 가난한 사람들의 생생한 모습을 통해 현실로서의 가난을 보여주는 것이다.

오웰의 에세이나 소설에서 가난은 중요한 소재이자 주제이다. 《동물농장》이 성공을 거두기 전까지 가난한 삶을 살았던 그는, 가난을 화두로 삼아 그것을 글 속에 담아 이야기를 풀어나갔다. 그는 가난에 대한 이야기를 통해 가난한 사람도 품위 있게 살 수 있는 세상을 꿈꾸었다. 그리고 그는 가난과 가난에서 온 상처를 치유할 수 있는 대안으로 민주적 사회주의를 제시했다. 자본주의로는 가난을 해결할 수 없다고 생각한 그는 사회주의에 대한 헌신적 태도를 갖게 되었다.

4. 민주적 사회주의

조지 오웰이 살았던 시대는 제1차 세계대전, 스페인 내전, 제2차 세계대전 등 제국주의와 전체주의에 의해 전 세계가 전쟁의 소용돌이에 빠져 있던 때이다. 이 역사의 비극을 온몸으로 살아낸 오웰은 그의 삶과 작품을 통해 이 시대의 절망을 이겨내고자 했다.

제국주의의 팽창으로 제1차 세계대전이 일어나고 마무리되었지만 여전히 제국주의는 전 세계를 뒤덮고 있었다. 영국은 아프리카와 아시아에 많은 식민지를 가지고 있었는데, 이 식민지 가운데 하나인 버마에서 오웰은 영국 제국주의 경찰로 사회의 첫발을 내디뎠다. 그는 제국주의 경찰로 일하는 동안 제국주의의 문제점을 하나씩 알아간다. 이와 관련한 내용이 에세이 〈코끼리를 쏘다〉와 소설 《버마의 나날》에 잘 드러나 있다.

> 모든 일이 당혹스럽고 언짢았다. 왜냐하면 그 무렵 나는 제국주의가 매우 나쁜 것임을 알고는, 빨리 직장을 그만두고 이 일에서 멀어지는 것이 좋다고 생각하고 있었기 때문이다. 그래서 나는 실제로 전적으로 버마인들 편이었고(물론 남몰래 그랬다), 그들의 압제자인 영국인들을 전적으로 적대시했다. 나는 내가 하고 있던 일을 말로 표현할 수 없을 만큼 지독히 혐오했다.
>
> -〈코끼리를 쏘다〉에서

언어적 감각이 뛰어났던 오웰은 버마어와 힌두어를 습득하여 버마 경찰 업무에 최선을 다했지만, 일을 하면 할수록 제국주의의 문제점과 맞닥뜨리게 되었다. 식민지의 발전을 위한다는 핑계로 저질러지는 온갖 일들이 얼마나 위선적이며 악랄한지를 알게 된 것이다. 이러한 오웰의 인식은 첫 장편소설인 《버마의 나날》에 잘 드러난다.

"선동이라고요? 내가 무슨 선동을? 아니 내가, 우리 영국인들이 여기서 쫓겨나기를 바라겠어요? 천만의 말씀! 나도 돈 벌려고 여기 와 있는 겁니다. '백인의 무거운 짐' 따위 같은 헛소리는 질색이에요. 그놈의 훌륭한 신사 행세는 따분하다고요 따분해. 가끔이라도 위선의 가면을 벗으면 클럽의 저 멍청이들도 참을 만할 텐데 말이죠."
"위선의 가면이라니요?"
"그야…… 검은 피부를 가진 버마의 불쌍한 형제들을 약탈하려는 게 아니라 삶을 개선해 주려고 우리가 여기에 와 있다는 위선이죠. 어쩔 수 없는 위선이긴 하지만요."

1934년에 완성된 이 소설은, 제국주의의 위선과 억압을 목격하고 이를 증오하지만 그곳에서 탈출하지 못한 채 절망적인 삶을 살아가는 주인공 플로리를 통해 영국의 제국주의를 고발하고 있다. 플로리는 친영국적인 원주민 베라스와미와의 대화에서 제국주의의 위선을 폭로한다. 식민지 버마의 발전을 위한다는 구실로 버마를 침탈하고 있는 영국 제국주의자들은 약탈자일 뿐이라고 말한다. 이 작품에는 오웰이 버마에서 느낀 수치심, 증오심, 좌절감, 분노가 그대로 녹아들어 있다.

오웰은 버마에서 경찰 일을 하는 동안 제국주의의 문제점들을 깨달았다. 제국주의 문제의 뿌리는 인종 문제이고, 이 인종 문제는 계급의 문제로 확대되는 것을 인식했다. 그래서 그는 제국주의가 추구하는 계급적 질서를 평등의 원리로 대체해야 한다고 믿었다. 그러나 오웰은 이 평등의 원리가 자본주의로는 근본적인 해결이 불가능함을 깨닫는다. 제국주의의 한 축인 자본주의로는 계급의 문제도 평등의 문제도 해결할 수 없음을 인식한 것이다.

그래서 오웰은 사회주의자가 되었다. 그가 사회주의자가 된 것은 사회주의 이론을 동경해서가 아니었다. 제국주의의 문제에 대한 인식과 지난날 가난의 상처 등을 통하여 사회주의자가 된 것이다. 그는 1936년 《위건 부두로 가는 길》에서 그가 왜 사회주의자가 되었는지를 밝히고 있다.

오웰의 사회주의를 한마디로 요약하면 '인간의 존엄을 지키는 품위 있는 사회주의'이다. 즉 보통 사람들의 삶과 가치에 뿌리내린 평등의 가치를 추구하는 사회주의인 것이다. 그는 사회주의 운동의 동력은 경제가 아니라 윤리라고 생각했다. 노동계급 문화의 기본 틀을 보호하고 유지하며 경제적 가치가 아닌 인간의 품위와 존엄을 지키는 것이 중요하다고 여긴 것이다.

그러나 당시 파시즘과 나치즘, 즉 전체주의가 제국주의보다 더 강하게 유럽을 몰아쳤다. 이때 오웰은 POUM의 독립노동당 분대원이 되어 스페인 내전에 참여한다. 보통 사람들의 존엄을 지키기 위해, 그리고 그가 믿는 사회주의를 위해 전쟁터로 향한 것이다. 그러나 그는 그곳에서 소련 체제와 좌파지식인들이 자신들의 이익을 위해서만 행동하는 모습을 보고 크게 분노한다. 여기서 그는 전체주의적 통치 방식에 대한 뼈아픈 교훈을 얻게 되었다. 이후 그는 〈나는 왜 쓰는가〉라는 글에서 "1936년부터 내가 썼던 작품들은 모두 직간접적으로 전체주의에 '맞서고' 내가 아는 민주적 사회주의를 '지지하는' 것들이다."라고 했다. 그는 또 전체주의라는 최악을 막기 위해, 제국주의라는 차악을 택하며 제2차 세계대전에도 참전했다.

조지 오웰이 스페인 내전과 제2차 세계대전을 겪고 나서 쓴 《동물농장》과 《1984》는 사회주의에 대한 비판이라기보다는 전체주의에 대한 문제를 지적한 작품이라고 할 수 있다. 그는 평생 전체주의를 혐오했고, 전체주의가 주는 해악을 경고했다. 《동물농장》은 전체주의화 되어가는 스탈린 시대의 소련 사회를 우화적 기법으로 풀어나간 소설이며, 《1984》 또한 전체주의가 양산하는 문제를 풍자적으로 풀어낸 작품이라고 할 수 있다. 그래서 이 두 작품을 반공산주의 작품으로만 읽는다면 이 작품의 온전한 맛을 느낄 수가 없다.

조지 오웰은 민주적 사회주의자이다. 전체주의에 끝까지 저항할 수 있는 유일한 계급이 노동계급이라고 믿었고, 민주적 사회주의를 지키기 위해 마지막까지 투쟁했던 좌파지식인이며 좌파의 내부 비판자였다. 이를 위해 끊임없이 자신의 소신을 세상에 알리며 죽는 순간까지 글을 쓰며 행동했던 작가이다.

02

조지 오웰 작품 읽기

조지 오웰의 에세이•

• 조지 오웰의 삶과 작품들을 좀 더 이해하려면 그의 에세이를 먼저 살펴보는 것이 좋다고 생각해서 맨 앞에 실었다.

조지 오웰은 영국인이지만 영국의 식민지인 인도에서 태어났고, 영국으로 돌아와 학교를 다녔다. 총명한 머리로 반액 장학생이 되어 기숙학교인 세인트 시프리어스를 다녔으며, 이어 명문학교인 이튼칼리지를 다녔다. 그는 이튼칼리지를 졸업하고 대학에 진학하는 대신 경찰국에 자원하여 영국의 식민지인 버마에서 근무하게 되었다. 하지만 제국주의에 회의를 느끼고 경찰 생활 5년 만에 영국으로 돌아와 노숙인처럼 지냈다.

그는 어려운 생활 속에서도 다양한 일을 경험하며 꾸준히 글을 기고했다. 그는 또 스페인 내전에 참전했으며, BBC 방송국에서 피디로 활동하기도 하고, 전업작가로서 꾸준히 다양한 형식의 글을 여러 매체에 기고했다.

그가 다양한 매체에 기고한 글들을 살펴보면, 세인트 시프리어스 시절 이야기와 버마에서 경찰로 있을 때, 노숙인 생활을 하던 때, 서점 아르바이트 일을 할 때, 스페인 내전에 참전했을 때, BBC

피디 시절 등의 이야기뿐만 아니라 그가 본 책과 영화 이야기까지 다루고 있다.

이 글들에는 오웰의 다양한 경험과 생각이 담겨 있다. 부랑자 시설에서의 경험을 사실적으로 묘사하고, 버마에서 코끼리를 쏘아 죽이면서 느꼈던 허망함을 이야기하고, 모로코인의 가난한 삶을 사실적이며 문학적으로 묘사하고. 서점에선 삐딱한 시선으로 손님을 바라보기도 한다. 시를 어떻게 하면 대중들에게 친숙하게 다가가게 할 수 있을까 고민도 하고, 어쩔 수 없이 서평과 영화평을 쓰기도 한다.

셰익스피어의 《리어왕》을 비판한 톨스토이를 비판하기도 하고, 조너선 스위프트의 《걸리버 여행기》를 작가와 묶어 비평도 한다. 스페인 내전에 대한 복잡한 심경을 드러내기도 하고, 자신이 왜 사회주의자가 되었는지도 밝힌다. 자신의 조국인 영국에 대한 이야기도 들려주고, 원자탄과 과학에 대한 문명 비판도 하며, 정치가로서의 간디를 재평가하기도 한다.

또한 이 글들에는 오웰의 경험과 생각뿐만 아니라 그가 마주했던 평범한 사람들이 많이 등장한다. 오웰의 삶에 직접 영향을 끼친 학창 시절 마주했던 사람들의 이야기도 있고, 가까이서 멀리서 만났던 사람들의 이야기도 있다. 부랑자 숙소에서 만난 사람들, 사형수, 사형수의 목숨을 끊고 아무렇지 않게 이야기하는 관리들, 버마의 군중들, 모로코의 가난한 사람들, 전쟁에서 만난 사람들, 빈민

병원에서 함께 한 사람들……. 우리는 오웰의 글에서 암울한 시대를 살아가는 고독한 작가의 생각들도 엿볼 수 있고, 주변 사람들에게 보내는 따뜻한 시선도 읽을 수 있다. 이는 그의 관심이 사람을 향하고 있기 때문일 것이다.

1. 제국주의 경찰

오웰은 버마에서 경찰로 활동하던 시기의 경험을 바탕으로 〈교수형〉과 〈코끼리를 쏘다〉라는 글을 썼다. 이 두 글에는 그가 제국주의를 혐오하게 된 이유와 경찰 일을 그만둔 까닭 등이 드러나 있다. 〈마라케시〉에서도 제국주의가 어떻게 식민지 사람들의 삶을 피폐하게 만들었는지 알 수 있다.

<코끼리를 쏘다>

이 에세이는 버마에서 경찰로 근무하던 오웰이 어떻게 코끼리를 쏘아 죽였는지에 관한 이야기다. 어느 날 발정기를 맞은 길든 코끼리가 사슬을 끊고 탈출한다. 그러고는 대나무 오두막을 부수고, 소 한 마리를 죽이고, 노점의 진열품도 먹어 치운다. 사람들은 코끼리 한 마리가 시장을 쑥대밭으로 만들고 있으니, 부디 와서 어떻게 좀 해달라고 경찰에게 부탁한다.

나는 내가 무엇을 할 수 있을지 몰랐지만, 무슨 일이 벌어지고 있는지 보고 싶어 조랑말에 올라타고 그곳으로 향했다. 소총도 챙겼는데, 오래된 윈체스터 44구경이라 코끼리를 잡기에는 턱도 없었지만 그 총소리는 위협용으로 괜찮겠다 싶었다.

이렇게 출동하는 사이에 코끼리는 쿨리(옛 인도와 중국 출신의 미숙련 노동자)의 등을 밟아 죽여버렸다. 그러나 코끼리에게 도착했을 때 이미 코끼리는 발정기의 발작이 끝나버려 한가로이 풀을 한다발씩 뜯어 먹고 있었다.

나는 코끼리를 보자마자 총을 쏘면 안 된다는 것을 분명하게 알았다. 멀쩡한 코끼리를 쏜다는 것은 심각한 문제이며 피할 수 있다면 당연히 피해야 하는 일이었다. 게다가 멀리서 보니 평화롭게 풀을 뜯는 코끼리는 소보다도 위험해 보이지 않았다.

그런데 오웰이 돌아가려고 돌아서는 순간 엄청나게 몰려 있는 사람들을 보게 된다. 2000명쯤 되는 군중이 길 양쪽을 막고 길게 늘어서 있었다.

모든 사람이 코끼리에게 총을 쏠 거라고 확신하며 꽤 흥미롭게 즐기는 표정이었다. 마치 마술사의 마술이 시작되기를 기다리는 사람들

같았다. 그들은 나를 좋아하지 않았지만 마술 무대에서 소총을 들고 있는 나는 잠시 봐줄 만했던 것이다. 그때 나는 문득, 결국 내가 코끼리를 쏴야 한다는 걸 깨달았다. 사람들 모두가 내가 그럴 거라고 기대하고 있으니 그래야만 했던 것이다.

그 순간 오웰은 제국주의의 총칼이 공허하고 부질없다는 것을 깨닫게 된다. 겉으로 보기에는 총을 들고 있는 자신이 주인공이었지만, 마치 자기가 군중들의 의지에 이리저리 흔들리는 바보 같은 꼭두각시 같다고 생각한다. 그러나 결국 오웰은 코끼리를 쏜다.

<교수형>

이 에세이는 사형장으로 향하는 사형수의 뒷모습에서 식민지 원주민의 인간성을 인식하게 된다는 내용을 담고 있다. 꼬챙이처럼 마르고 눈빛이 흐린 힌두인이 사형장 교수대로 끌려간다. 가는 도중 어디서 왔는지 모를 개 한 마리 때문에 소동이 일어난다. 겨우 개를 붙들고 다시 교수대로 향하는 중에, 이번에는 도중에 있는 물웅덩이를 피하느라 모두가 살짝 옆으로 비켜서 간다.

이상하게도 바로 그 순간까지 나는 건강하고 의식 있는 사람의 목숨을 끊어버린다는 것이 어떤 의미인지 전혀 모르고 있었다. 그러다가 죄수가 물웅덩이를 피해 가려고 하는 것을 보는 순간, 한창 물오른 생명의 목숨줄을 뚝 끊어버리는 일의 불가사의함과 말할 수 없는 부당함을 깨달은 것이었다. 그는 죽어가는 사람이 아니었다. 우리가 살아 있듯 멀쩡히 살아 있는 사람이었다.

오웰은 식민지 원주민의 사형이 어떤 의미인지 알지 못했다. 그러다 물웅덩이를 피해 가는 사형수의 모습을 보며 그도 자신과 똑같은 사람임을 인식한다. 그리고 식민지 원주민 하나가 사라지면 세상은 그만큼 누추해질 것이라는 사실을 깨닫는다. 그렇지만 교수형은 진행되고 사람들은 교수형 이후의 여러 일을 이야기하며 시시덕거린다. 그리고 식민지 원주민과 제국주의 유럽인이 모여 사이좋게 술 한잔을 한다. 이러한 자신의 모습을 혐오하던 오웰은 결국 5년 만에 버마에서의 경찰 일을 그만두게 된다.

<마라케시>

이 에세이는 오웰이 1938년 폐결핵이 심하게 도져 따뜻한 곳에서 겨울을 나는 게 좋다는 의사의 권고에 따라 모로코 마라케시에서 요양하던 시절의 이야기다. 프랑스의 식민지였던 모로코 사람들의 가난한 삶을 보면서 그는 제국주의에 대해 생각한다.

이런 도시에서(인구 20만 가운데, 가진 거라고는 누더기뿐인 사람이 최소 2만이다.) 걸어 다니면서 사람들이 어떻게 사는지 또 얼마나 쉽게 죽는지를 보면, 과연 내가 사람들 사이를 걷고 있는 게 맞는가 하는 느낌을 항상 갖게 된다. 모든 식민제국은 실제로 이런 현실의 기반 위에 서 있다. 얼굴색이 짙은 사람들이 워낙 많다. 그들도 과연 우리와 같은 인간인가? 그들에게도 이름이란 게 있는가?

오웰은 식민지 사람들의 가난이 제국주의의 침탈 때문이라는 것을 모로코인들의 가난을 보면서 인식한다.

가젤에게 빵을 먹이로 주는 오웰을 보고 그 빵을 좀 얻어서는 누더기 속 은밀한 곳에 챙겨두는 사람, 선사시대의 물건 같은 선반 앞에서 휘어진 다리를 꼬고 일하는 목수, 오웰이 담뱃불을 댕기는 걸 보고 담배를 달라고 아우성치는 수많은 사람들, 어마어마한 나무 짐을 지고 기어가듯 가는 노파…… 모두 가난에 찌든 모로코인들이다. 구체적인 모습은 제각기 다르지만, 제국주의 국가들의 침탈로 인해 식민지 사람들은 거의 가난하고 억압적인 삶을 살 수밖에 없었다.

제국주의를 혐오했던 조지 오웰은 제국주의의 문제를 이처럼 다양한 모습을 통해 이야기했다. 그는 버마에서 영국 경찰로 근무했던 때의 경험을 통해 제국주의의 문제가 무엇인지 드러냈으며, 요양을 간 식민지 나라 모로코 사람들의 가난한 삶을 통해 제국주의의 본질을 비판했다.

2. 가난한 삶

조지 오웰은 어린 시절에 가난 때문에 큰 아픔을 겪었고, 성인이 되어서는 빈민가에서 살기도 했다. 가난 속에서 산 그는, 가난에 기죽지 않으며 가난을 관조하기도 하고, 가난이 인간의 삶에 어떤 영향을 끼치는지 사유하기도 했다.

어린 시절 가난 때문에 차별받은 이야기는 〈정말, 정말 좋았지〉에 잘 드러난다. 한 편의 짧은 소설 같은 이 글은 가난에 대한 상처를 담고 있다. 〈스파이크〉는 구빈원•에 딸린 부랑자를 위한 임시 무료 수용소 생활에 관한 이야기다. 〈가난한 자들은 어떻게 죽는가〉는 폐렴에 걸려 파리 15구에 있는 X병원에서 몇 주를 보낸 이야기다.

<정말, 정말 좋았지>

이 에세이는 세인트 시프리언스를 다닐 때 가난 때문에 차별받았던 이야기로 시작한다.

> 장학반 아이들이 다 똑같은 대우를 받은 것은 아니다. 학비 감면이 별로 중요하지 않을 만큼 부유한 부모를 둔 아이들은, 삼보(교장)가 다

• **구빈원** 생활 능력이 없거나 가난한 사람들을 수용하여 구호하는 공적·사적 시설.

그친다 해도 제법 아버지에게 하듯 농담도 하고 옆구리도 장난스레 쿡 찌르기도 했다. 그리고 이따금 연필로 머리를 톡톡 치기는 해도 머리털을 잡아당기거나 매질을 하는 경우는 결코 없었다. 당하는 건 가난하지만 재주는 있는 아이였다.

'가난하지만 재주는 있는 아이'가 오웰이었다. 기숙학교였던 이 학교에서 그는 가난으로 인한 차별을 혼자서 온몸으로 겪어낸다. 다른 아이들과 처지가 다르다는 걸 강제로 이해당하며 생활할 수밖에 없었다. 그러면서 어쩔 수 없이 가난을 체득하게 된 것이다. 〈정말, 정말 좋았지〉는 그가 어린 시절 겪었던 가난과 그로 인한 차별을 통해 가난의 의미를 알게 해주는 글이다.

<스파이크>

이 에세이는 오웰이 부랑자를 위한 임시 무료 수용소에서 생활하던 모습을 담고 있는데, 이를 통해 구빈원의 실상과 부랑자들의 삶을 생생하게 묘사한다.

여섯 시가 되자 부랑자 감독과 그의 조수가 저녁을 가지고 나타났다. 하품만 하던 부랑자들은 끼니때가 되자 사자처럼 원기가 왕성해졌다. 하지만 음식은 참담할 정도로 실망스러웠다. 아침에도 완전 형편없던 빵은 이젠 아예 먹을 수조차 없었다. 너무 딱딱해서 아무리 턱이 튼튼

한 사람이라도 변변한 잇자국 한번 내기 어려울 정도였다. 나이 많은 사람들은 저녁을 거의 먹지 못했고, 대부분 허기졌지만 자기 몫을 다 비운 사람은 아무도 없었다. 식사를 마치고 곧바로 담요를 지급받은 우리는 다시 텅 비고 싸늘한 골방으로 내몰렸다.

구빈원의 생활은 참담했다. 먹고 자는 것뿐 아니라 모든 것이 비인간적이다. 욕실로 몰고 가 옷을 벗기고 검사를 하기도 하고, 부랑자들을 연못가에 몰고 간 양떼처럼 대하기도 했다. 마흔여덟 명이 각자 3분 동안 씻어야 했으며, 기름기에 절어 미끈미끈한 수건 여섯 개로 모두가 닦아야 했다. 그들이 자야 하는 골방에는 벽 위쪽에 창살 달린 조그만 창 말고는 조명기구도 없었다. 장식물이라곤 잘못을 범한 이용자를 엄벌에 처한다고 위협하는 수칙이 적힌 종이뿐이었다. 난방이 되지 않는 그곳에서 추위에 뒤척이다 보면 잠자는 시간은 10분이 채 될까 말까 했다.

그곳에 있는 사람들 절반은 병원에 가 있어야 할 사람들이다. 올드 대디는 탈장대*를 차고 있었는데, 산송장 같은 모습이다. 한 정신박약자는 바지가 자꾸 내려가 완전 알몸이다. 그들은 이런저런 이야기를 나누며 담배를 피운다. 들어올 때 담배를 압수당한 스코

* 탈장대 탈장된 부분을 제자리에 넣고 밖에서 눌러 두르는 띠. 탈장을 얼마간 저지하여 자연 치유를 촉진한다.

티에게 오웰은 담배를 좀 나눠주었다. 담배도 공식적으로는 금지인데, 묵인해 주고 있었다. 그렇게 그들은 그곳에서 열 시간이나 있어야 했다.

오웰은 그곳에서 가난의 참담함만 본 것이 아니다. 의사의 늑장 때문에 그들은 구빈원에서 13시간 만에 나오게 되었다. 오웰이 구빈원에서 나올 때 팔을 두드리는 사람이 있었는데 스코티였다. 스코티는 돌려받은 담배에서 네 개를 오웰의 손에 쥐여주었다. 담배를 빌려준 것에 고마워하고 그것을 갚는 것을 보면 구빈원의 감독보다 가난한 스코티가 훨씬 더 인간적이다. 이처럼 〈스파이크〉는 가난한 삶의 절망적인 모습과 함께, 그 가난한 사람들에게서 느끼는 따스함도 느낄 수 있게 한다.

<가난한 자들은 어떻게 죽는가>

이 에세이는 오웰이 1929년 파리에서 무료로 환자를 진료해 주는 병원인 코셍병원에 폐렴으로 입원했을 때의 이야기다. 오웰은 고열 때문에 서 있기도 힘들었는데, 병원에서는 그를 20분 내내 세워두고 입원 서식을 작성하게 했다. 그러고는 벌벌 떨면서 목욕을 해야 했고, 이어서 200미터 정도를 찬 바람을 맞으며 이동해 드디어 입원할 수 있었다.

병동은 기다랗고 천장이 좀 낮으며 조명이 어두운 공간이었다. 중얼

거리는 소리가 가득했으며 세 줄로 늘어서 있는 병상들 사이의 거리가 놀랍도록 가까웠다. 대변 냄새에다 단내 섞인 악취가 진동했다.

오웰은 열악한 병원에서 인간미라고는 전혀 없는 진료를 받았고, 아파서 한숨도 자지 못했다. 의료진에게 흥미롭고 공부가 되는 병을 앓는 게 아닌 이상 제대로 치료를 받지 못했다. 다행이라고 해야 하나, 그는 가르랑거리는 소리를 내는 기관지폐렴 환자의 탁월한 표본이었기에 의대 학생들은 여남은 명씩 줄을 서서 그의 가슴 소리를 듣고 갔다. 학생들은 환자가 인간이라는 인식은 거의 없는 듯한 태도로 일 배우는 데만 열중했다. 말 한마디, 눈길 한번 주지 않는 모습에 도무지 적응이 안 되었다.

몸 상태가 좋아진 오웰은 주변 환자들을 살폈다. 43번, 한쪽 다리가 다른 쪽보다 짧은 구두 수선공. 57번, 간경변을 앓는 환자. 번호로 불리는 환자들은 비인간적인 진료를 받다 최후를 맞이하기도 했다. 57번은 오랫동안 강의의 단골 교재 노릇을 하다 죽었다. 죽은 후 그 주검은 의대생들의 해부 교재가 될 뿐이었다.

이 글은 가난한 사람들이 병원에서도 제대로 진료를 받지 못하고 죽어가는 실상을 차분하게 묘사하고 있다. 제목처럼, 가난한 사람들이 가난 때문에 어떻게 죽어가는지를 전하고 있다.

3. 국가와 사회에 대한 통찰

조지 오웰은 국가와 사회에 대한 통찰이 담겨 있는 글을 많이 썼다. 〈나는 왜 쓰는가〉에서 말했듯이, 그의 글쓰기는 정치적 목적을 이루기 위한 것이기 때문이다. 그래서 오웰은 그가 생각하는 국가와 사회의 역할에 대해 끊임없이 이야기한다.

〈스페인의 비밀을 누설한다〉와 〈스페인 내전을 돌이켜본다〉는 그의 가치관에 큰 영향을 준 스페인 내전에 관한 이야기다. 〈스페인의 비밀을 누설한다〉는 스페인 내전에 참가했다가 파시스트에게 부상당하고, 공산주의자들에게 배신당한 뒤 영국으로 돌아와 쓴 글이다. 그는 이 글에서 스페인 내전에서 진상이 제대로 알려지지 않았던 문제들을 조목조목 비판하고 있다. 〈스페인 내전을 돌이켜본다〉는 스페인 내전이 본질적으로 계급 전쟁이었음을 밝히고, 스페인 전쟁 중에 있었던 잊히지 않은 기억들을 생생하게 묘사하고 있다.

사회주의자인 오웰의 모습은 〈나는 왜 독립노동당에 가입했는가〉를 통해 알 수 있다. 그는 독립노동당이 사회주의라 할 만한 무언가를 지향하는 유일한 영국 정당이라 생각했다. 그래서 '자본주의적 민주주의'라는 말의 속임수에 넘어갈 일은 없을 거라는 확신으로 독립노동당에 가입했음을 밝힌다. 〈좌든 우든 나의 조국〉은 이러한 사회주의자의 입장과 자신의 애국심을 화해시키려는 시도로 쓴 글이다.

오웰은 여러 글에서 문명에 관한 비평을 쏟아내기도 했다. 〈영국, 당신의 영국〉에서는 영국의 문명을 비판한다. 영국 문명은 차별적인 특성이 있어 빈부 차가 심하고 계급 착취가 심한 나라라고 꼬집는다. 그러면서도 영국 사람들은 법을 국가와 개인 위에 있는 무엇으로 믿는 태도를 지니며, 큰 위기의 순간이 오면 거의 모든 국민이 함께 느끼고 행동하는 성향이 있다고 말한다.

또 그는 과학 문명을 비판하는 글도 다수 썼다. 원자탄이 인류 역사에 끼칠 영향을 성찰하는 〈당신과 원자탄〉, 과학교육은 합리적이고 회의적이며 실험적인 사고 습성을 심어주는 것이어야 한다고 이야기하는 〈과학이란 무엇인가〉, 쾌락을 추구하기 위해 인공적으로 만든 행락지가 미래에 어떤 식으로 발전할지를 그리고 있는 〈행락지〉 등이 여기에 속한다. 이러한 문명 비판적 시각은 소설 《1984》에서 더욱 폭넓게 펼쳐진다.

이 외에 〈웰스, 히틀러 세계 국가〉, 〈민족주의 비망록〉 같은 글에서도 오웰은 국가와 사회에 대한 통찰을 보여준다.

4. 작가로서의 태도

오웰이 어떤 자세로 글을 써왔는지를 잘 보여주는 글이 〈나는 왜 쓰는가〉이다.

아주 어릴 때, 그러니까 아마도 나는 대여섯 살 때부터 커서 작가가 되리란 걸 알고 있었다. 열일곱 살 때부터 스물네 살 때까지는 그 생각을 포기하려고 했지만, 그러는 동안에도 그것이 내 본성을 거스르는 일이며 조만간 차분히 앉아 책 쓰는 일을 해야 할 것이라는 생각을 가지고 있었다.

오웰은 네댓 살 때 처음으로 시를 썼고, 제1차 세계대전이 터진 열한 살 때 쓴 애국시가 지역신문에 실리기도 했다. 애국시의 내용은 제1차 세계대전 당시 전함을 타고 러시아로 가던 도중 독일군이 영국 전함에 설치한 폭탄이 터지는 바람에 600여 명과 함께 익사한 키치너의 죽음을 기리는 것이었다. 그는 어린 시절 낭만주의 경향의 자연시를 쓰기도 했고, 단편소설을 시도하다가 실패를 맛보기도 했다.

이렇게 어릴 때부터 글을 썼던 오웰은, 〈나는 왜 쓰는가〉에서 그간의 경험과 지식을 바탕으로 글을 쓰는 동기를 네 가지로 정리했다. 그것은 바로 '순전한 이기심, 미학적 열정, 역사적 충동, 정치적 목적'이다. 그는 이 네 가지 동기 가운데 정치적 목적을 가장 중시하며 글을 썼는데, 비록 정치적인 글이라 하더라도 예술적 목적을 동시에 추구하려고 노력하며 글을 써갔다.

〈서점의 추억〉은 헌책방에서 파트타임 직원으로 일한 경험을 토대로 쓴 글로, 책에 대한 오웰의 시선이 담겨 있는 글이다. '헌책방에서 일하던 때 주로 느낀 것은 정말 책을 좋아하는 사람은 드물다'는 이야기로 시작하는 이 글은 그 당시 영국인의 책에 대한 시선을 비평적으로 풀어나간다.

〈시와 마이크〉는 BBC에서 근무하던 시절 대중에게서 멀어진 시를 라디오에 소개하던 경험을 이야기하고 있다.

> 우리가 곧잘 썼던 방법은 음악 속에 시를 덧입히는 것이었다. 먼저 조금 뒤에 이런저런 시를 방송할 거라고 예고한다. 그리고 음악을 1분쯤 틀어준 다음 소리를 점점 줄이면서, 제목이든 뭐든 시에 대한 언급을 하나도 하지 않고 시를 낭독한다. 이어서 음악 소리를 다시 키워서 1~2분 정도 틀어준다. 이렇게 하면서 5분 남짓에 한 편의 시를 음악과 함께 소개하는 것이다.

라디오 방송을 들은 청취자들이 시에 더 관심을 가지게 될지는 확실치 않다. 하지만 문학을 사랑했던 오웰은 라디오라는 매체를 통해서 대중들이 시와 좀 더 가까워질 수 있도록 노력했다.

펜클럽 대회 참석의 경험으로 시작하는 에세이 〈문학 예방〉은 전체주의가 지적·사상적 자유와 문학 창작에 미치는 영향에 관해 이야기하는 글이다. 전체주의가 팽배한 시대에 어떻게 해야 문학이 살아남을 수 있는지에 관해 이야기한다.

> 자연과학이나 음악·미술·건축이 어찌 되든, 사상의 자유가 말살되면 문학의 운명은 분명 암울할 것이다. 전체주의 체제를 유지하는 나라에서만 그런 것이 아니다. 전체주의적 관점을 받아들이는 작가, 박해와 현실 조작에 대한 변명거리를 찾아내는 작가, 그럼으로써 작가로서의 자신을 죽이는 작가도 같은 운명인 것이다.

사상의 자유가 사라진다면 문학의 미래는 암울하다고 생각하는 오웰은 전체주의에 저항하는 정치적 글쓰기를 해야 한다고 주장한다. 작가의 자발성이 없으면 문학 창작은 불가능하며 언어 자체가 굳어버리게 되기 때문이다.

오웰은 〈정치와 영어〉에서 언어의 타락을 질타한다. 그는 정치적 언어라는 것은 거짓을 사실처럼 만들고 살인을 존중할 만한 것으로 만들기 위해, 순전한 헛소리를 그럴듯한 것으로 만들기 위해 고안되었다고 생각한다. 그래서 이러한 잘못된 표현 습관을 고치고 원칙에 맞게 글을 쓰라고 역설했다.

그가 말하는 습관적으로 쓰이는 잘못된 표현의 사례는 '죽어가는 비유 사용, 잘난 체하는 용어 사용, 무의미한 단어 사용' 등이다. 이를 극복하기 위해 익숙한 비유는 사용하지 않고, 될 수 있으면 짧은 단어를 쓰고, 빼도 상관없을 때는 빼고, 될 수 있으면 능동

태를 쓰고, 전문용어에 대응하는 일상어가 있다면 일상어를 쓰라고 말한다.

서평은 오웰에게 생업인 동시에 작가로서의 소양을 쌓는 데 큰 자양분이 되었다. 괴롭긴 해도 본인 스스로 꽤 즐겨 쓴 글이었기 때문에, 《동물농장》을 출간하고 나서 생활이 안정된 뒤에도 서평 쓰는 일을 완전히 놓지는 않았다. 〈어느 서평가의 고백〉은 서평가였던 오웰이 서평을 쓰면서 느꼈던 자괴감에 관한 이야기다. 서평가의 모습을 상상하며 시작하는 이 글은, 의미 없는 책들의 서평을 써야 하는 괴로움으로 이야기를 펼쳐간다. 오웰은 서평가라는 직업은 아무 감흥도 불러일으키지 않을 책에 대한 반응을 계속해서 날조해야 하는 직업이라고 말했다.

〈정치 대 문학: 《걸리버 여행기》에 대해〉와 〈리어, 톨스토이 그리고 어릿광대〉는 작가와 작품론이다. 오웰은 여덟 살 생일 선물로 《걸리버 여행기》를 받았는데, 적어도 여섯 번은 읽었다고 한다. 그래서 오웰은, 만일 책을 여섯 권만 남기고 나머지는 전부 없애야 한다면 단연코 이 책을 남기고 싶다고도 했다. 그러나 오웰은 《걸리버 여행기》를 쓴 스위프트는 정상적인 의미의 지혜를 가진 사람은 아니며 정치적으로나 도덕적으로 동의하지 않는다고 말했다.

〈리어, 톨스토이 그리고 어릿광대〉는 셰익스피어의 《리어왕》을 비판한 톨스토이를 비판하는 글이다. 톨스토이는 셰익스피어가 천재가 아닐 뿐만 아니라 일반적인 작가도 못 되며, 《리어왕》은 어딜 보나 바보스럽고 수다스러우며, 부자연스럽고, 이해하기 어렵고, 과장되고 조야하고 지루하다고 이야기했다. 그러나 오웰은 셰익스피어의 작품은 여전히 사람들에게 읽히며 그는 존경받는 작가라고 항변한다.

〈작가와 리바이어던〉은 오웰이 생각하는 '작가'에 대한 생각을 담은 글로, 작가는 정치 또는 이념이라는 괴물로부터 개인적으로는 무관할 수 없다 하더라도 작가의 본분은 지켜야 한다는 입장을 피력하고 있다.

오웰은 정치적인 글뿐만 아니라 짧고 서정적인 에세이도 다수 썼다. 6페니에 산 값싼 장미가 주는 기쁨을 이야기하는 〈나 좋을 대로〉, 오웰이 상상하는 펍을 묘사한 〈물속의 달〉, 봄이 주는 기쁨을 이야기하는 〈두꺼비 단상〉 등이 대표적이다.

지난해 여름에 나는 전쟁이 나기 전에 살았던 아담한 시골집을 지나가게 되었다. 내가 심은, 아이들 새총만 했던 조그만 백장미가 크고 수북하게 우거져 있었다. 그리고 이름이 알버틴이었나, 아무튼 그 식물은 분홍색 꽃송이를 구름처럼 터뜨린 채 울타리 절반을 뒤덮고 있었다. 둘 다 내가 1936년에 심은 것들이다. 그때 들었던 생각은 '전부 겨우 6페니 주고 산 건데!'였다.

–〈나 좋을 대로〉에서

'물속의 달'이 대단한 점은 뜰이 있어 그곳에서 가족이 함께한다는 것이다. 살롱에서 밖으로 이어진 좁은 통로를 따라가다 보면 어느새 꽤 큰 뜰이 나타나고, 거기 플라타너스 아래에 작은 녹색 테이블들과 철제 의자들이 놓여 있다. 뜰 한쪽 귀퉁이에는 아이들 그네와 미끄럼틀도 있다.

여름날 저녁에는 여기에서 가족 파티가 열린다. 그럴 때면 누구라도 플라타너스 밑에 앉아, 미끄럼 타고 내려오는 아이들이 신나서 지르는 소리를 들으며 맥주나 사과주를 마실 수 있다. 아기들이 타고 온 유모차는 문 가까이에 세워두면 된다.

-〈물속의 달〉에서

중요한 것은, 봄이 주는 즐거움은 누구나 만끽할 수 있고 공짜라는 점이다. 아무리 지저분한 길거리에도 봄은 이런저런 몸짓으로 자신을 알리며 찾아온다. 그 몸짓은 공장 굴뚝들 사이로 보이는 하늘이 더 파래진 것일 수도 있고, 폭격 맞은 자리의 딱총나무에 연둣빛 새순이 돋아난 것일 수도 있다. 아무튼 런던 한복판에도 대자연이 비공식적으로 계속 존재한다는 건 참으로 놀라운 일이다.

-〈두꺼비 단상〉에서

암울한 시대를 살았던 오웰은 어쩔 수 없이 전투적이고 정치적인 글을 쓸 수밖에 없었을 것이다. 그러나 그는 자연을 사랑하고 자연의 아름다움을 느낄 줄 아는 사람이었다. 가족과 함께 행복한 삶을 누리고 싶어 하는 사람이었다. 장미가 주는 기쁨을 느낄 줄 알았으며, 가족 모두가 좋은 곳에서 행복하게 살고 싶어 했고, 두꺼비의 산란을 보며 봄의 아름다움을 만끽할 수 있는 사람이었다.

파리와 런던의 밑바닥 생활

Down and Out In Paris and London, 1933

《파리와 런던의 밑바닥 생활》은 밑바닥 삶을 살던 시절 오웰의 자전적인 이야기를 담은 작품이다. 이 작품은 1928년부터 1932년까지 5년여 동안 파리와 런던에서 오웰이 겪었던 밑바닥의 삶을 사실적이면서도 유쾌하게 그려내고 있다. 본명인 에릭 아서 블레어로 신문과 잡지에 글을 발표하던 그가 조지 오웰이란 이름으로 쓴 최초의 작품이기도 하다.

이 작품에서 오웰은 밑바닥 삶을 보여주는 데에서 나아가 사회적 약자에 대한 당시의 억압적인 체제를 고발하고 있다. 대공황이라는 절망적 시대 상황에서, 그는 특유의 유머와 예리한 통찰력으로 가난이 개인의 문제가 아닌 시대의 문제이고 사회의 문제임을 지적했다.

총 38장으로 되어 있는 이 작품은 23장까지가 파리에서의 이야기다. 1928년 봄, 오웰은 파리로 가 이듬해 말까지 1년 반을 살았다. 그런데 그가 왜 파리로 갔는지는 어디에도 언급이 없다. 다만

이 책 프랑스어판 서문에 '값싼 생활비로 소설을 쓰고 프랑스어를 배우기 위해 갔다'는 간단한 설명만 있을 뿐이다. 파리에서의 생활은 말 그대로 가난한 삶의 연속이었다. 하루 열일곱 시간의 접시닦이, 사흘 동안 아무것도 먹지 못했던 배고픔의 고통 등 가난한 생활을 했던 그는 가난 속에서 그가 만난 가난한 사람들의 이야기를 풀어나간다.

파리에서 런던으로 돌아온 뒤에도 가난한 삶은 여전했다. 일거리가 없어서 옷을 전당포에 맡기고, 입을 옷이 없어서 막일조차 못하는 삶이 계속되었다. 부랑자 구호소에서 잠을 자고 강변 둑길에서 노숙도 하지만, 그래도 그는 자기 연민에 빠지거나 자신을 책망하지 않았다. 가난은 수치가 아니라 도리어 자유를 줄 수 있다고 생각했다. 그러면서 가난한 이들에 대한 그동안의 편견을 버리고 그들의 영혼을 이해하게 되면서 가난한 사람들의 삶에 대한 사회적 의미를 고찰한다. 이런 면에서 이 작품은 현실의 사건과 사실을 충실하게 묘사하고 기록하는 르포르타주•라 할 수 있다.

이 작품에 드러난 가난에 대한 사회 비판적 통찰력과 감수성은 《동물농장》과 《1984》의 자양분이 되었다. 가난한 사람들에 대한 애정은 소외된 사람들에 대한 애정으로 확대되어, 모든 사람이 차

• **르포르타주**(reportage) '허구가 아닌 사실에 관한 보고', '실제의 사건을 보고하는 문학'을 뜻하는 프랑스어. '르포(Repo)'로 줄여 쓰기도 하는데, 보고자(reporter)가 심층 취재한 내용을 소설의 형태로 재구성하거나 갈무리하는 형식.

별받지 않고 행복한 세상을 만드는 사상으로 나아갔다. 이 사상은 오웰이 지향한 '민주적 사회주의'의 토대가 되었다.

1. 왜 가난을 이야기하나?

조지 오웰이 살아가면서 애착과 관심을 가진 분야는 반제국주의와 가난이었다. 제국주의에 관한 저항은 그가 버마에서 경찰 생활을 하면서 자연스럽게 생겨났을 것이다. 《위건 부두로 가는 길》에서 그는 버마에서 경찰 생활 5년째가 끝나갈 무렵 제국주의를 무척이나 증오하게 되었다고 고백한다. 제국주의라는 기계의 한 부속품이 되어 식민지 사람들을 억압한 죄에 대해 속죄해야 하며, 제국주의뿐만 아니라 인간이 인간을 지배하는 모든 형태로부터 벗어나야 함을 깨닫는다. 그리고 억압받는 사람들 사이로 내려가 그들 중 한 사람이 되어 그들의 편에 서서 압제자들에 항거하고 싶었다고 이야기한다.

5년 동안 버마에서의 경찰 생활은 제국주의의 실체와 식민지국이 처한 현실적 상황을 인식하는 좋은 계기가 된다. 이 인식은 전체주의를 반대하고 하층계급의 입장을 옹호하는 민주적 사회주의자가 되어 정치적 글쓰기를 하는 작가의 길을 걷도록 하는 중요한 발판이 되었다.

또한 그 자신이 밑바닥 생활을 체험해 봄으로써 그가 속죄해야 할 죄의식에서 어느 정도 벗어날 수 있으리라고 생각했을 것이다. 그는 실제로 가난한 사람이 되어 가난한 사람들의 고통을 경험하고 가난한 사람들의 관점에서 사회를 바라보았다. 가난한 사람들과 함께 먹고 자고 어울리며 가난의 본질적 모습을 생생하게 체험한다. 그는 1927년 겨울 런던에서 뜨내기 생활을 하며 빈민가를 전전하다가 1928년 파리로 향했는데, 이때부터 본격적인 가난한 삶이 시작되었다. 그 시점이 《파리와 런던의 밑바닥 생활》의 시작이다. 그는 첫 이야기에서 왜 가난을 체험하는지, 가난이 주는 의미가 무엇인지를 밝히고 있다.

> 내가 이곳에 사는 사람들을 묘사하려는 까닭은 호기심 때문만이 아니다. 이들이 이야기에서 한몫을 차지하고 있어서이다. 내가 쓰려는 것은 가난 그 자체이다. 나는 이 빈민가에서 처음으로 가난을 만났다. 지저분하고 괴상한 삶으로 이루어진 이 빈민가가 처음에는 가난의 실제 교육 현장이 되어주었고, 다음에는 내 경험의 배경이 되었다. 이런 까닭으로 나는 그곳에서의 삶이 어땠는지를 조금이나마 알리기 위해 노력해 보려 한다.

값싼 생활비로 소설을 쓰고 프랑스어를 배우기 위해 시작한 파리 생활은 더 이상 떨어질 곳도 없는 최악의 가난한 삶이 되었다.

그는 이 가난의 현장을 생생하게 우리에게 전달한다. 극도의 가난이 인간을 어떤 상황으로 내몰며, 그 속에서 인간이 어떤 식으로 변해가는지 탐색한다. 그리고 가난이 왜 존재하고, 가난을 극복할 방법이 무엇인지 나름의 해결책을 제시한다.

가난이라는 주제는 조지 오웰이 쓴 《목사의 딸》, 《엽란을 날려라》, 《위건 부두로 가는 길》 등에 중요한 요소로 등장한다. 또한 에세이 〈스파이크〉, 〈홉 열매 따기〉, 〈유치장〉, 〈하숙집〉, 〈마라케시〉, 〈가난한 자들은 어떻게 죽을까〉 등에서도 가난의 모습을 사실적으로 묘사하고 있다.

2. 생생한 가난의 기록

작품 속 '나'가 겪은 가난의 기록은 아주 구체적이고 생생하다. '나'는 일자리를 찾기 위해 센강을 하루에 열한 번이나 건넌 적도 있으며, 식당에서 접시닦이를 하며 하루 동안 '갈보 서방'이라는 말을 서른아홉 번 들은 적도 있다. 어떤 날은 하루 동안 24킬로미터를 걸었다고 한다. 이런 구체적인 내용은 사실감을 높여 이야기 속에 더 깊게 빠져들게 한다.

어느 해 여름, '나'는 수중에 450프랑이 있었으나 한 달 치 방세 200프랑을 지불하고 나니 250프랑만 남았다. 이 250프랑과 주당

36프랑의 영어 교습료로 한 달을 살아야 한다. 그러나 이탈리아인이 돈을 훔쳐 가 47프랑만 남는다. 다행히도 프랑스에서는 요령만 있으면 6프랑으로도 살아갈 수 있다.

그러나 불행히도 게으른 학생 때문에 영어 교습이 중단되고 또한 학생은 '나'에게 12프랑의 빚을 지고 숙소에서 사라진다. '나'는 할 수 없이 전당포에 가서 옷과 가방을 잡히고 70프랑을 받는다. 이런 힘겨운 상황에서 원고료 200프랑을 받아 방세를 지불하고, 일자리를 얻기 위해 러시아인 웨이터였던 보리스를 찾아간다. '나'보다 상황이 어려워진 보리스를 만나 함께 일자리를 찾았으나 쉽지 않았다. 거의 일자리를 찾았다고 생각한 순간에도 행운은 그들의 것이 아니었다. 있는 돈은 다 떨어지고 끝내는 아무것도 먹지 못하는 상황이 된다.

굶주림은 사람을 등골도 뇌도 없는 상태에 빠지게 하는데, 꼭 독감 후유증과 유사하다. 해파리가 된 것처럼 흐느적거리고, 혈관에 피 대신 미지근한 물을 넣은 것 같기도 하다. 굶주린 상태에서는 완전히 무기력해진다. 그리고 계속 침을 뱉어냈는데, 엄청 희고 부드러워서 거품벌레의 거품 같았다. 왜인지는 몰라도 며칠 굶은 사람은 모두 다 이러했다.

'나'는 굶은 지 사흘째가 되어서, 여인숙 주인의 눈을 피해 외투를 저당 잡히고 50프랑을 받아 음식을 사 와 게걸스럽게 먹었다. 그러나 그 후에도 일자리는 쉽게 잡히지 않는다. 그러다 보리스가 먼저 X호텔에 취직하고, 이어서 '나'도 보리스의 추천으로 접시닦이 일자리를 얻게 된다. 처음에는 일당 25프랑이었으나 이후 한 달 계약으로 바뀌게 된다.

X호텔에서의 생활은 6주 동안 계속되었다. '나'는 접시닦이로 일하면서 호텔의 생리를 하나하나 파악했는데, 호텔에 형성되어 있는 묘한 계급제도도 알게 된다. 그리고 호텔이 제대로 돌아가는 이유도 파악한다.

호텔이 제대로 돌아가는 이유는, 호텔 종업원들이 구질구질하고 하찮은 일일지라도 그 일에 진심으로 긍지를 느끼며 일하기 때문이다. 만약 누군가가 게으름을 피우면, 이를 발견한 종업원들이 계획을 짜서 그가 쫓겨나도록 해버린다. 요리사와 웨이터, 접시닦이는 저마다 하는 일이 다르지만 자신의 실력에 자부심을 느낀다는 점에서는 모두 같다.

'나'는 노동과 술, 잠 외에는 실감나는 것이 전혀 없는 가난한 삶을 살면서, 밑바닥 사람들의 자부심이 세상을 제대로 돌아가게 하는 힘이라는 것을 알아간다. 또한 접시닦이 일의 사회적 의의가 어디에 있는지도 생각한다.

접시닦이가 현대사회의 노예 가운데 하나라는 점부터 짚고 넘어가야 할 것 같다. 다른 육체노동자들보다는 형편이 나으니 그들만 애처롭게 여길 필요는 없다. 그러나 접시닦이들은 사고파는 노예만큼이나 자유롭지 못하다. 접시 닦는 일은 노예가 하는 일이며 아무런 기술도 필요하지 않다. 그들은 겨우 먹고살 정도의 돈을 받으며, 해고당하기 전까지 휴가도 없다.

'나'는 접시닦이를 현대판 노예라고 말한다. 그들은 게으름을 피거나 생각을 할 수 있는 시간적 여유조차 없기 때문에, 마치 노예와 같은 삶을 살고 있다는 말이다. 또 가난한 사람들에게 조금이라도 자유를 주면 자기들의 자유가 위태해질까 두려워하는 대중들의 심리도 접시닦이를 노예처럼 부리는 한 요인이라고 생각한다. 그리고 이러한 대중들의 심리는 다른 유형의 노동자들에게도 똑같이 적용될 것이라고 말한다.

'나'는 X호텔에서 6주 정도, 하급 음식점에서 2주 정도 접시닦이를 한 뒤 선천성 정신박약자를 돌봐주는 일을 하기 위해 런던으로 향한다. 그러나 런던에 도착해 보니 '나'를 쓰기로 했던 고용주가 외국으로 떠나버려 일자리가 사라져 버렸다. 그래서 '나'는 런던에서 다시 가난한 삶을 살아야 했다.

파리에서의 가난이 배고픔과 수면 부족 등 생리적인 측면이 강조되었다면, 런던에서의 가난은 주위의 차가운 시선과 불편한 잠자리 문제 등 사회적인 측면과 연결된다.

런던으로 돌아온 '나'는 간이숙소에서 주로 밤을 보냈다. 간이숙소는 한 방에 10여 명씩 자는 공동침실 생활을 하는데, 지독한 냄새와 불결한 침구들, 소음 등으로 제대로 잠을 잘 수 없었다. 그런데 돈이 떨어져 간이숙소에서도 더 이상 지낼 수 없게 되자 결국 부랑자 숙소로 향한다. 무료로 재워주는 부랑자 숙소는 간이숙소보다 훨씬 더 열악했다. 그마저도 이 부랑자 숙소는 숙박과 식사를 단 하루만 허용했다. 그래서 날마다 다른 구호소를 찾아 헤매야 했다.

'나'는 런던에서 친구가 된 패디와 함께 간이숙소와 부랑자 숙소에서 지냈다. 그러면서 패디의 친구인 보조와 쇼티를 만나 런던 빈민으로서의 다양한 삶을 경험한다. 그러면서 '나'는 거지의 사회적 지위에 대해 생각해 보게 된다.

> 자세히 관찰해 보면, 거지의 생계 수단과 보통 사람들의 생계 수단 사이에는 근본적인 차이가 없음을 알 수 있다. 흔히 거지들은 일하지 않는다고 말한다. 그러면 도대체 일이란 무엇인가? 도로에서 일하는 인부는 곡괭이를 휘두르며 일한다. 회계사는 수치를 계산하면서 일한다. 그리고 거지는 어떤 날씨든 문 밖에 서서 피가 잘 안 통하거나 기침을 콜록콜록하는 것을 감수하며 일을 하는 것이다. 그것은 다른 일들과 조금도 다르지 않다. 물론 아주 무익한 일이기는 하지만, 따지고

보면 그럴듯한 다른 많은 일들도 무익할 때가 많다. 사회적 유형으로 볼 때, 거지도 다른 직업인들과 충분히 비교가 가능하다.

'나'는 거지의 일이 윤리적으로 정당하다고 본다. 거지들이 보통 사람들과 다른 계급에 속한다고 생각하지도 않고, 다른 사람들이 멸시할 만한 점이 있다고 생각하지도 않는다. 그런데도 왜 거지들이 경멸을 받는가?

'나'는 그 이유를 거지들이 적절한 생계비를 벌지 못하기 때문이라고 생각한다. 만약 구걸을 해서 10파운드라는 큰돈을 벌 수 있다면 거지도 즉시 존경받는 직업이 될 것이라고 말한다. 그리고 거지는 자기가 할 수 있는 방법으로 생계를 유지하는 근로자라고 말한다. 다만 부자가 될 수 없는 직업을 택하는 실수를 범했을 뿐이라는 것이다. '나'는 거지뿐 아니라 떠돌이에 관해서 몇 가지 일반적인 의견을 기록하고, 런던의 집 없는 사람들이 이용할 수 있는 숙박 시설에 대해서도 이야기한다.

파리에서의 이야기는 '나'가 경험한 접시닦이의 체험을 바탕으로 하층민들의 억압된 삶에 초점을 맞추고 있다면, 런던의 이야기는 가난이 주는 육체적 고통뿐만 아니라 가난한 사람의 지위와 자기 존중, 그리고 가난이 인간에게 미치는 영향 등을 탐색한다. 그리하여 가난은 결국 계급제도와 사회제도가 빚어내는 현상임을 지적한다.

런던의 이야기는 패디와 헤어지면서 마무리된다. '나'는 이 이야기가 그저 어떤 여행기처럼 재미있기를 바란다. 그리고 언젠가는 이 가난의 세계를 좀 더 철저하게 들여다볼 생각이라고 이야기한다. 또 '나'는 마리오나 패디, 좀도둑 빌 같은 친구를 가까운 친구로서 사귀고 싶다고 말한다. 이어서 접시닦이라든가 떠돌이, 강둑 노숙자들의 영혼이 진정 어떤 것이지 이해하고 싶어 하며 이야기가 마무리된다.

> 떠돌이들은 모두 불한당에다 주정뱅이라고 생각하지 않을 것이고, 거지에게 한 푼 주었을 때 고마워할 거라는 기대도 하지 않을 것이며, 실직한 사람이 기력이 없어 보여도 놀라지 않을 것이고, 구세군에는 헌금을 하지 않겠으며, 또 내 옷을 전당포에 잡히지 않을 것이고, 광고 전단을 거절하지 않겠으며, 그럴듯하고 말끔한 음식점에서 식사를 즐기지도 않을 것이다.

3. '나'가 만난 사람들

《파리와 런던의 밑바닥 생활》은 절망적인 가난에 관한 보고서이다. 그런데도 이야기들이 유쾌하고 재미있는 이유는 '나'가 만난 인물들 때문이다. 그들은 모두 가난하게 살지만 가난에 찌들지 않았고 유쾌하다.

파리에서 만난 사람들

'나'가 사는 파리 빈민가에는 괴짜들이 많다. 루아르 지방의 오래된 성이 그려진 그림엽서를 춘화처럼 밀봉해서 파는 루지에 부부도 이에 해당한다. 돈을 무척이나 아끼는 그들은, 거의 굶다시피 하고 싸구려 술에 취해 지내면서 4년 동안 한 번도 옷을 벗지 않고 살았다고 한다.

하수도 일을 하는 앙리는 돈을 잘 버는 자가용 운전기사로 일하면서 저축도 하며 살다가 어느 날 사랑에 빠진다. 그러나 그가 사랑하던 여자가 바람을 피우자 그녀의 팔을 칼로 찔러 6개월 징역살이를 하게 된다. 이후 둘은 화해했으나 그녀는 다시 바람을 피웠고, 그 후 그는 저축한 돈을 몽땅 찾아 술을 마셔버린다. 나중에는 하수도 잡역부로 일하면서 좀처럼 입을 열지 않는다.

샤를리도 특이하다. 샤를리는 집안도 좋고 교육도 잘 받은 청년이다. 그는 변호사인 형의 돈 1100프랑을 훔쳐 홍등가에서 하룻밤에 다 써버리고 택시비조차 없어 걸어서 집으로 돌아온다. 그러면서 그것이 사랑이었다고, 그날이 자기 생애 가장 행복한 날이었다고 이야기한다. 또 먹을 것이 떨어지자 여자 친구가 임신했다고 속이고 국영 산부인과 병원에 가서 음식을 공짜로 얻어먹고 온다. 그러다 길거리에서 만난 간호사에게 거짓 임신이 들통날 위기에 처하게 되는데, 이때 샤를리는 여자 친구가 쌍둥이를 임신했다고 둘러대어 위기를 모면한다.

'나'가 파리에서 만난 사람 가운데 가장 인상 깊은 사람은 보리스이다. 보리스는 서른다섯 살쯤 된, 덩치 크고 군인같이 생긴 사내이다. 전쟁 중에는 제2시베리아 보병대에서 복무했고, 전쟁 후에는 솔 만드는 공장에서 일했다. 그 후 파리 중앙시장 짐꾼, 접시 닦이를 거쳐 웨이터로 일한다. 전쟁과 군대 생활에 열정적인 관심이 있어 전략과 전쟁사에 관한 책을 많이 읽었다. 그는 언제나 군대로 돌아가고 싶어 한다.

'나'는 그와 친해져서 함께 체스도 두고 전쟁이나 호텔 이야기도 주고받으며 재미있는 시간을 보낸다. 혹시라도 실직하면 찾아오라고 하여 '나'가 실직당해서 그를 찾아갔는데, 그는 '나'보다 더 곤궁한 생활을 하고 있었다. 두 사람은 일자리를 찾았으나 계속 실패하고, 같이 사흘을 굶기도 한다. 파리 이야기의 대부분은 '나'와 보리스와의 에피소드이다. 그는 X호텔과 오베르주 드 제앙 코타르에서 '나'와 함께 일하게 된다.

마리오는 X호텔 식료품 저장실 책임자이다. 식료품 저장실에서 14년간 일한 그는 일할 때 1초도 허비하지 않는 기술을 터득하고 있다. 전형적인 잡역부 정신의 소유자로서 일을 해내겠다는 일념뿐이어서 아무리 많은 일을 맡겨도 마다하지 않는다. 피스톤 막대처럼 자연스럽고 느긋하게 일을 해낸다. 일에 대한 명예심을 가지고 있는 사람으로, 다른 사람들이 한 달에 500프랑을 받을 때 그는 1000프랑을 받고 일한다. '나'가 만난 사람 가운데 가장 성실한 사람이다.

발렌티는 X호텔 웨이터이다. 스물네 살의 이탈리아인으로, 이튼칼리지 학생처럼 보이며 열두 살부터 스스로 생계를 꾸리며 살아왔다. 빈민굴에서 웨이터로 출세한 사람으로, 성격이 매우 좋은 사람이다. '나'와 둘이 있을 때는 잘 대해주는데, 다른 사람이 있으면 말을 거칠게 한다. 어쨌든 '나'는 그와 이야기를 나누는 것을 즐거워했다.

퓌레는 석공이다. 일주일 내내 착실히 일하고서 토요일에는 발작 비슷하게 술을 퍼마신다. 기억을 상실해서 전쟁 전의 일은 기억하지 못한다. 술에 취하지 않았을 때는 공산주의자이지만 취하면 열렬한 애국자로 둔갑한다. 술만 취하면 스파이를 비난하고 모든 외국인에게 싸움을 걸기도 하는데, 말리지 않으면 술병을 던지기도 했다.

파리에서 만난 대부분의 사람들은 가난하고 괴팍하지만 나름의 개성을 가진 괜찮은 사람들이다. '나'는 이러한 인물들에 대한 이야기를 하나씩 묘사해 나간다. 단순히 호기심으로 그들을 바라보는 것이 아니라 이야기의 주인공으로 삼아 그들의 생동감 있는 모습들을 보여주고 있다.

런던에서 만난 사람들

런던에서 만난 사람들도 파리에서 만난 사람들과 크게 다르지 않다. 파리의 이야기를 보리스 중심으로 풀어갔다면, 런던의 이야기에서는 패디가 중심이다. 패디는 전형적인 떠돌이다. 서른다섯 살쯤 되었고, 키가 큰 편이며, 바랜 금발에 눈동자는 윤기 도는 푸른색이다. 이목구비는 멀쩡하나 제대로 먹지 못해서 피부가 거칠고 안색은 우중충하다. 아일랜드에서 자랐으며 전쟁 당시 2년 동안 군에 복무했다. 이후 금속 광택제 공장에서 일하다가 2년 전에 실직했다. 그는 떠돌이 신세를 무척 창피하게 생각하는데, 그럼에도 떠돌이 행각에 대해서는 속속들이 잘 알고 있다.

'나'와 이야기할 때 패디의 화제는 두 가지다. 하나는 떠돌이 신세로 인한 수치와 영락*에 관한 이야기이고, 또 하나는 무료 급식을 얻는 최선의 방법에 관한 것이다. 비열하고 질투심 많은 데다 자칼처럼 간교한 면도 있지만, 천성이 너그러워 마지막 남은 빵 한 조각도 친구와 나눠 먹을 줄 안다. 패디는 '나'와 함께 일자리를 구하러 다니거나 돈을 빌리러 다닌다.

보조는 패디의 친구로, 길바닥에서 그림을 그리는 거리의 화가이다. 몸집이 작고 까무잡잡한 데다 매부리코에 짧은 고수머리이며, 오른쪽 다리는 흉측하게 뒤틀려 있다. 파산한 서적상의 아들

* 영락(零落) 세력이나 살림이 보잘것없는 처지가 됨.

로 태어나 열여덟 살에 페인트공으로 일했고, 전쟁 중에는 프랑스와 인도에서 3년간 복무했다. 파리에서 페인트공으로 일하다 프랑스 처녀와 약혼했는데, 어느 날 그녀가 버스에 치여 죽는다. 그녀가 죽고 나서 일주일 내내 술만 퍼마시다가 일터에 나갔는데, 이때 12미터 아래로 떨어져 다리를 다쳤다. 그러고는 영국으로 돌아와 노상시장에서 서적 행상, 장난감 판매 등을 하다가 거리의 화가가 되었다.

그는 런던 사투리인데도 아주 명료하고 표현이 풍부한 특이한 말씨를 지녔다. 그림 중에서도 만화가 그의 전문 분야인데, 그는 다른 거리의 화가들에 대해 뿌리 깊은 경멸감을 느끼고 있다. 또 그는 특이하게도 별에 대해 많이 알고 있다. 그는 마음만 먹으면 부자든 가난뱅이든 사는 건 매한가지라고 생각하며 산다. 가난한 상황에서도 공포라든가 후회, 수치, 자기 연민 따위가 없다. 거지 생활을 하는 건 절대 자기 잘못이 아니라고 생각한다. '나'에게 런던에서 써먹을 수 있는 구걸하는 법을 몇 가지 가르쳐주기도 한다.

이 밖에도 보조의 친구인 손풍금 연주자 쇼티. 쇼티가 목발을 짚고 싸구려 선술집 밖에 멈춰서 한 곡을 연주하고 나면, 그의 짝이 술집 안으로 들어가 모자를 돌린다. 목발 짚은 쇼티의 모습으로 동정심을 유발하여 동냥을 받는 것이다. 동냥을 받으면 쇼티는 반드시 또 한 곡을 연주한다. 이렇게 하는 이유는, 자기는 순수한 예술인이므로 돈만 받아 가려고 연주하지 않는다는 것을 보여주기 위해서이다.

'나'는 다양한 가난한 사람들을 만난다. 멀리서 보면 그냥 별 차이 없이 다 가난한 사람들이지만 '나'의 눈을 통해 만나는 가난한 사람들의 모습은 저마다 다르다. 그들은 절망적인 상황에서도 나름의 색깔을 지니고 있으며, 가난에 찌들어 아무 희망도 없이 살아가는 사람들이 아니다. 그들은 모두 제각각의 모습으로 유쾌하게 자신들의 삶을 살아간다.

4. 가난의 사회적 의미

파리에서의 이야기가 하층민들의 억압된 삶에 초점을 맞추고 있다면, 런던의 이야기는 가난이 주는 육체적 고통뿐만 아니라 가난한 사람의 지위와 자기 존중, 가난이 인간에게 미치는 영향을 탐색한다.

파리 생활을 통해서 '나'는 접시닦이가 현대판 노예라 규정한다. 그리고 '왜 이런 노예 상태가 계속되는가? 접시닦이 일은 진정 문명사회에 꼭 필요한 것인가? 접시닦이는 유익한 일인가?'라는 질문을 던진다.

문명사회를 위해 일하는 광부와는 달리 접시닦이가 하는 일은 무익하다. 문명사회에 꼭 필요한 일도 아니다. 그런데도 이런 노예

상태의 접시닦이가 존재하는 이유에 대해서 '나'는, 접시닦이 편에 서야 할 교육받은 사람들이 가난한 사람들에 대한 편견과 두려움 때문에 이를 묵인하기 때문이라고 말한다. 그리고 접시닦이 같은 무익한 일을 영구화하려는 이유는 가난한 사람들에게 조금이라도 자유를 주면 자기들의 자유가 위태해지지 않을까 걱정되기 때문이라고 말한다.

'나'의 이러한 가난한 사람들에 대한 인식은 노동자 계급으로 확대된다. 가진 자들의 권력 유지와 이익을 위해 노동자들은 끊임없이 착취당하고 억압당하는 존재라는 통찰로 이어진다. 그리고 이러한 인식은《1984》로 완성된다.

런던 이야기에서 중심이 되는 사람들은 떠돌이들이다. 런던에서 '나'가 만난 대부분의 사람들이 떠돌이기 때문이다. 떠돌이란 왜 존재하는가? 그것은 떠도는 생활을 즐겨서가 아니라 법이 그들을 그렇게 하도록 강요했기 때문이다. 법률에 따라 떠돌이들은 부랑자 구호소에서 하룻밤밖에 지낼 수 없다. 그러니 굶어 죽지 않으려면 계속 다른 구호소를 찾아 떠돌아다닐 수밖에 없다. 구조적으로 사회시스템이 떠돌이를 양산하는 것이다.

그런데도 사람들은 떠돌이에 대한 편견을 가지고 있다. 사람들은 떠돌이가 떠도는 생활을 좋아한다고 생각하며, 또 그렇게 떠도는 사람들을 위험하다고 여긴다. 하지만 사람들의 편견과는 달리, 부랑자 구호소에서 수백 명의 부랑자들을 통제하는 데에는 무장

하지 않는 경비원 세 명이면 충분하다. 그들은 이미 지치고 굶주려 기가 꺾여 있기 때문에 대체로 온순하다. 떠돌이들이 술꾼이라는 편견도 잘못된 것이다. 그들은 취할 수 있을 정도로 술을 마실 만큼의 돈을 가지고 있지 않기 때문이다.

그러니 떠돌이에 대해 '그런 대우를 받아도 싸다.'라는 식의 태도를 가지는 것은 온당하지 않다. '나'는 그들이 세 가지 악조건을 가지고 있다고 말한다. '배고픔, 여자와의 접촉이 차단되어 있는 것, 제도로 인한 강요된 게으름'이 그것이다. 부랑자 구호소에서는 남은 음식을 쓰레기통에 버릴지언정 그들에게 음식을 충분히 주지 않는다. 그래서 그들이 배를 채우려면 구걸을 해서 얻는 수밖에 없다. 또 떠돌이가 되는 순간부터 어떤 부류의 여자와도 사귈 희망이 없어진다. 그러다 보니 스스로 연애에도 결혼에도 부적합한 존재라는 열등감에 빠지기도 한다. 그리고 떠돌이들은 '부랑자 단속법' 때문에 마음대로 몸을 움직일 수도 없고, 부랑자 구호소가 열릴 때까지 기다리며 가능한 한 사람들 눈에 띄지 않아야 한다. 그러니 자연히 게을러질 수밖에 없다.

'나'는 떠돌이의 삶이 접시닦이와 같이 사회적으로 전혀 유용하지 않다고 생각한다. 떠돌이는 결혼과 가정에서 유리된 가난뱅이고, 나아가 지역사회의 큰 손실이기 때문이다. 따라서 필요한 것은 그들의 극빈 상태를 없애주는 일이다. 즉 경제적 활동을 할 수 있는 일자리를 마련해 주어야 한다는 것이다. 일단 부랑자 구호소에서 작은 농장이나 채소밭이라도 일구게 하여 그것으로 자기들 식량을 해결하게 하고, 차츰 경제 활동을 이어간다면 나중에 결혼도 하고 떳떳하게 사회의 일원이 될 수 있을 것이다. 그래야 그들이 자존감을 갖춘 인간으로 다시 태어날 수 있다.

오늘날에도 떠돌이나 극빈자층을 대하는 우리의 시선은 크게 달라지지 않았다. 그러나 이미 100년 전에 오웰이 지적했듯이, 가난은 가난한 사람의 잘못이 아니다. 정책을 결정하는 사람들이 이 소설을 꼭 읽어봐야 하는 이유이다.

버마의 나날

Burmese Day, 1934

조지 오웰은 이튼칼리지를 졸업하고 바로 버마에서 영국 경찰로 5년을 근무한다. 그는 대영제국의 이익을 위해 식민지 경찰로 근무한 이때를 후회와 괴로움으로 점철된 시절로 기억한다. 그는 버마에서 피지배인들을 수탈하는 본국을 위해 일해야 했다. 영국인들은 '푸카 사히브'•라고 불리며 식민지 버마를 위해 일한다고 했지만, 실제로는 영국인들이 버마인들을 착취하는 구조였다. 영국의 착취에 일조하며 5년을 버마에서 산 오웰은 당시 경험을 바탕으로 《버마의 나날》이라는 장편소설을 썼다. 오웰은 이 작품을 통해, 자신의 모습이 투영된 주인공 플로리가 어떠한 삶을 살았고 어떻게 무너져 가는지를 섬세하게 그려냈다.

작품의 배경은 영국의 식민지인 1920년대 버마의 카욱타다이다. 이야기는 이 카욱타다의 유럽인 클럽을 중심으로 전개된다. 이

• **푸카 사히브**(pukka sahib) 버마에 사는 영국인. 푸카는 '진정한, 옳은, 적절한, 바른'을 뜻하고 사히브는 버마에서 영국인이나 유럽인에게 붙이는 존칭으로 쓰였다.

유럽인 클럽을 둘러싼 두 개의 이야기가 상호 작용하며 이야기가 진행된다. 하나는 원주민의 클럽 입회 허용 문제를 둘러싼 백인들 사이의 논란과 갈등이고, 또 하나는 이 유럽인 클럽의 회원이 되기 위해 대립하는 두 원주민 엘리트들의 물밑 작업이다.

버마의 주요 도시에는 유럽인 클럽이 자리 잡고 있었다. 백인들은 이 유럽인 클럽을 운영하면서 그들만의 카르텔을 유지하고 강화했다. 카욱타다에도 유럽인 클럽이 있었는데, 이곳은 식민지 지배 권력의 실질적인 본부의 역할을 하는 곳이었다. 또한 백인들에게 이곳은 원주민들과의 생활 속에서 겪는 외로움과 불안을 풀어내는 장소이기도 했다. 이곳에서 백인들은 스스로를 위대하다고 생각하며 원주민들을 벌레와 같은 존재로 여긴다.

이야기는 이 클럽의 안과 밖을 오가며 전개된다. 클럽 안의 이야기를 통해 제국주의의 모순을 이야기하고, 클럽 밖의 이야기를 통해 클럽이 갖는 사회적 위력을 보여준다.

클럽 안의 사람들인 플로리, 맥그리거, 엘리스, 웨스트필드, 래커스틴, 래커스틴 부인, 엘리자베스 등을 통해서는 그들이 어떻게 식민지 버마에 뿌리를 내리고 살아가는지를 보여준다. 버마인을 검둥이로 부르는 엘리스부터 버마인들을 나름 존중하는 플로리까지, 각자의 방식으로 식민지 버마에서 살아가는 모습을 생생하게 묘사한다.

클럽 밖의 이야기는 버마인 엘리트 우 포 카인과 베라스와미를 중심으로 진행된다. 우 포 카인과 베라스와미는 이 클럽에 가입하여 신분 상승을 꿈꾼다. 플로리와 친한 베라스와미가 클럽에 한 발 가까운 듯 보이지만 우 포 카인의 집요함은 이야기를 더 큰 갈등으로 이끌어간다. 우 포 카인은 엘리자베스를 사랑하는 플로리를 구렁텅이로 빠뜨리기 위해 그의 정부(情婦) 마 흘라 메이를 이용하는 등 다양한 술수를 펼친다. 그리하여 우 포 카인은 베라스와미를 제치고 유럽인 클럽의 회원이 된다.

《버마의 나날》은 제국주의 백인들과 식민지 버마 원주민들 사이의 구조적인 문제를 유럽인 클럽을 중심으로 풀어나간다. 여기에 이러지도 저러지도 못하는 우유부단한 플로리의 내적 갈등과 제국주의의 모순이 겹치면서 결국 이야기는 파국으로 치닫는다. 백인도 원주민도 되지 못하는 플로리는 끝내 제 손으로 자신의 삶을 마감하고 만다.

오웰은 이 소설을 쓰면서 버마 시절에 대한 기억과 생각을 많이 정리했을 것이다. 그는 젊은 시절에 버마에 가서 겪었던 좌절감을 플로리를 통해 풀어나간다. 제국주의에 좌절하지만 욕망과 타협하고, 제국주의에 동의하지 않지만 그 혜택을 누리고 살았던 플로리를 죽음으로 몰아넣으면서 소설을 마무리한다. 오웰은 플로리를 가장 불행한 인물로 만들면서 그가 버마에서 지냈던 나날들을 속죄하기 위해 이 소설을 쓴 것이 아닐까 싶다.

1. 작가 의식이 투영된 인물, 플로리

플로리는 어린 나이에 버마에 와서 벌목 일을 한다. 얼굴의 큰 반점은 그의 콤플렉스이고, 가난한 데다 학력도 그리 뛰어나지 않았다. 그렇지만 버마에 온 다른 백인들과 마찬가지로, 백인이기 때문에 버마 사람들보다 우위에 설 수 있었다. 그러나 그는 이것이 얼마나 우스운 것인지 깨닫기 시작한다. 그는 백인들이 버마와 버마인들을 망가뜨리고 있다는 사실을 알게 되면서 자신의 정체성을 부끄러워한다. 그러나 버마인을 위해 행동한다거나 제국주의에 저항하는 모습은 보이지 않는다. 그냥 자기에게 주어진 특혜를 누릴 뿐이었다.

제국주의에 대한 비판

제국주의에 대한 비판은 베라스와미와의 대화를 통해 잘 드러난다. 오웰은 친영국적인 베라스와미와 반영국적인 플로리의 대화라는 아이러니한 설정을 통해 제국주의가 어떻게 식민지국을 수탈하는지 역설적으로 보여준다.

> "우리 영국인들이 이 나라에 도둑질하러 들어온 것이 아니라고 생각하세요? 생각해 보면 쉽게 알 수 있어요. 영국 관리들이 버마를 통제하는 동안 영국 장사꾼들이 버마의 호주머니를 털고 있어요. 영국이

버마를 지배하고 있지 않다면 우리 회사가 채벌권을 가질 수 있겠어요? 다른 목재 회사들이나 원유 회사들, 그리고 광산, 경작, 교역도 마찬가지죠. 뒤를 봐주는 정부가 없다면 어떻게 미곡매점동맹이 불쌍한 농부들을 벗겨먹을 수 있겠어요? 제국주의 체제는 영국인들에게 전매권을 주는 장치일 뿐이죠."

플로리는 영국이 버마에 들어온 이유는 한마디로 도둑질하기 위해서라고 주장한다. 도둑질을 하기 위해서 법률을 제정하고, 그에 따른 저항을 억누르기 위해 감옥을 세우고 경찰을 배치한 것이라고 말한다. 영국은 자신들의 이익을 극대화하기 위해 근대화를 핑계 삼아 버마의 전통 수공업을 경쟁력이 없다는 구실로 하나씩 없애버렸다. 학교 또한 값싸게 부려먹을 인력을 생산하는 공장으로 만들어버렸다. 이처럼 오웰은 플로리의 입을 통해 영국 제국주의의 민낯을 고발하고 있다.

버마 문화에 대한 이해

플로리는 버마 원주민들에게 무척 호의적이다. 어느 날 그는 사냥을 나갔다가 길을 잃었는데, 어느 원주민의 도움으로 작은 마을에 도착한다. 목이 말랐던 그가 우물의 물을 마셔도 되는지 묻자 마을 촌장은 "마시는 사람들은 마시고, 또 마시지 않는 사람들은 마시지 않지요."라고 답한다. 플로리는 이 말을 듣고 굉장히 지혜롭다며 감탄한다. 누구에게나 열려 있고 강요하지 않는 농촌 마을의 자유로운 문화가 놀라웠던 것이다.

플로리는 버마 전통춤을 보면서도 그 동작 하나하나에 버마 민족의 삶과 기질이 담겨 있다고 말한다. 무녀가 취하는 모든 동작은 무수한 세대들을 거치며 전수되어 온 것으로, 예술적인 동시에 문화적이라고 이야기한다. 플로리는 버마 전통 축제와 춤, 전통 시장, 의술, 의례 등 토착문화에 대한 깊은 이해를 지니고 있었기 때문에, 그들의 전통과 문화를 존중해야 한다고 이야기한다. 이렇듯 플로리는 제국주의 국가의 착취자에 속해 있으면서도 식민지 문화를 존중하는 사람이었다. 작품 속의 플로리와 마찬가지로 오웰 또한 버마에 있었을 때 그들의 문화를 이해하려고 노력했던 사람이었다.

길을 잃은 플로리

플로리에게는 마 흘라 메이라는 정부(情婦)가 있다. 버마에 온 다른 백인 남성들처럼, 그도 돈으로 여성을 산 것이다. 그는 이 여자를 사랑하는 것이 아니라 그냥 성욕의 대상으로 여길 뿐이다. 그러다 엘리자베스가 이곳에 왔을 때 그녀를 쫓아내 버린다.

플로리는 엘리자베스를 사랑한다. 그래서 그녀와 많은 시간을 함께한다. 그러나 그녀는 플로리와 함께하면서 만나게 되는 원주민들을 싫어한다. 그녀에게 원주민들은 악한 사람들이며, 무가치

하고 저급하고 초라한 사람들이다. 그래서 플로리는 원주민들에 대한 인식에서만큼은 그녀와 갈등을 겪게 된다. 그녀는 버마의 전통춤을 감상하는 것도, 버마의 시장을 돌아다니는 것도 싫어했다.

그러던 차에 스물다섯 살 된 기병 장교 베렐이 카욕타다에 부임하는데, 그는 엘리자베스를 보고 반한다. 엘리자베스 또한 원주민들에게 관심이 많은 플로리보다는 젊고 잘생긴 베렐에게 더 끌리게 된다. 그렇게 두 사람이 사귀게 되지만 베렐은 엘리자베스와 결혼할 생각까지는 없었다. 그래서 그는 도망치듯 카욕타다를 떠나버린다.

6주마다 열리는 예배 날. 베렐이 떠나버리고 나서 플로리는 엘리자베스와의 만남을 기대하며 두근거리는 마음으로 예배에 참석한다. 그러나 그날 우 포 카인의 사주를 받은 마 흘라 메이가 예배 중에 엘리자베스 앞에서 플로리에게 망신을 준다. 이에 모멸감을 느낀 플로리는 권총으로 자살하고 만다.

이 소설에서 플로리는 작가 조지 오웰의 분신이다. 그러니 플로리가 느끼는 수치심, 증오, 좌절감, 분노는 고스란히 오웰의 마음일 것이다. 오웰은 플로리를 통해 제국주의의 실상을 드러내기도 하고 버마 문화를 이해하기도 한다. 플로리처럼 그 또한 길을 잃기도 했을 것이다. 이런 플로리가 죽는 것으로 소설이 마무리된 것은 제국주의에 순응하며 살기보다는 차라리 죽음을 택하겠다는 소극적 소극적 저항의 몸짓이라 할 수 있을 것이다.

2. 죽음으로 내몰리는 플로리

엘리자베스와 마 흘라 메이

엘리자베스는 영국에서 돈이 무척 많이 드는 사립학교를 두 학기 동안 다녔는데, 이때가 그녀의 삶에서 가장 행복한 시간이었다. 그곳에서 그녀는 하나의 신념을 갖게 된다. 그녀가 생각하기에, 즐거운 것은 선(善)이며 이는 '값비싼 것, 우아한 것, 귀족적인 것'과 같은 뜻이고, 불쾌한 것은 악(惡)이며 이는 '값싼 것, 저급한 것, 초라한 것'과 같은 뜻이다.

그녀는 아버지의 죽음으로 경제적인 어려움을 겪게 되면서 물가가 싼 파리로 옮겨갔는데, 그곳에서의 2년은 불행한 삶이었다. 프랑스 은행 지점장 집의 영어 방문교사로 일하면서 지점장에게 성희롱을 당하기도 했다. 또 예술가인 척하는 어머니의 태도 때문에 예술과 지식인을 증오하게 된다. 그녀는 어머니가 죽고 나서, 버마에 오면 여왕처럼 환영받을 것이라는 숙모의 말을 듣고 버마로 향하게 된다. 그녀가 생각하는 선한 삶을 살기 위해 버마에 간 것이다.

마 흘라 메이는 플로리의 정부(情婦)이다. 키는 작지만 날씬하고 아름다운 여인인데, 그녀의 부모가 300루피를 받고 플로리에게 팔았다. 그녀는 플로리를 사랑하지는 않지만 플로리가 주는 돈과 백인의 아내로서의 신분을 뽐낼 수 있다는 것 때문에 정부로서 만족

하며 산다.

다양한 욕망과 플로리의 좌절

플로리에게 버마에서의 생활은 따분함과 짜증의 연속이었다. 제국주의적 사고를 가진 백인들을 보는 것도, 숨 막히는 더위 속에서 땀 흘려가며 생활하는 것도 지겨웠다. 마 흘라 메이와 함께 지내는 것도 마찬가지였다. 그런 그에게 엘리자베스는 한 줄기 빛이었다. 플로리는 그녀에게 빠져 마 흘라 메이를 쫓아내려 하고, 마 흘라 메이는 플로리가 엘리자베스와 결혼하기 위해 자기를 쫓아내려는 사실을 알고 돈을 뜯어낸다.

> 엘리자베스가 나타나 그의 인생을 되찾아 주었다. 그러자 추잡하고 비참했던 지난 세월이 언제 그랬냐는 듯이 여겨졌다. 그녀가 나타남으로써 그의 생각 전체가 바뀌었다.

엘리자베스를 만난 플로리는 자신의 인생이 달라 보였다. 자신의 삶이 가치 있고 형언할 수 없이 아름다워 보였다. 그래서 새롭게 살 수 있는 꿈이 생겼다. 그러나 엘리자베스와의 만남도 잠시, 그녀는 잘생긴 장교 베렐에게 반해 그와 함께 지낸다. 새로운 삶을 꿈꾸던 플로리는 절망에 빠진다.

베렐이 영국으로 떠나고 플로리에게 다시 희망이 생긴 순간, 마 흘라 메이는 엘리자베스가 보는 앞에서 플로리에게 망신을 준다. 플로리는 엘리자베스에게 용서를 구하지만 엘리자베스는 플로리를 용서하지 않는다. 플로리를 최악의 상황으로 내모는 마 흘라 메이, 그리고 플로리의 사랑을 끝내 거부하는 엘리자베스. 결국 이 두 여자 때문에 플로리는 죽음을 택하게 된다.

3. 유럽인 클럽이 지니는 의미

유럽인 클럽은 영국이 버마를 식민지화하면서 백인들의 사교를 위해 만든 곳이다. 이 유럽인 클럽은 버마에서 문화의 중심지이자 권력의 중심이 되었다. 처음에는 백인들만이 클럽의 회원이 될 수 있었지만 조금씩 원주민들에게도 개방하게 되었다. 이런 상황에서 원주민인 우 포 카인과 베라스와미는 카욕타다의 유럽인 클럽 회원이 되고자 노력한다.

우 포 카인과 베라스와미

우 포 카인은 북버마 카욕타다의 군 치안판사이다. 쉰 살인 그는 열일곱 살에 관리가 되려 했으나 실패하고, 3년 동안 만달레이 시장에서 쌀가게 점원으로 일하면서 가끔 도둑질도 했다. 그러다가 관청 서기직을 400루피에 사서 관리가 되었다. 그는 부정한 방법으로 부수입을 짭짤하게 올리다가, 같이 해먹던 동료들을 고발하고 그 정직함에 대한 포상으로 부읍장이 되었다. 정직함이라든가 민족적 자존심 같은 것은 일찌감치 놓아버린 인물이다. 치안판사가 되고 나서도 이쪽저쪽에서 뇌물을 받지만, 판결은 철저하게 법대로 공정하게 해야 한다는 신조로 살아간다.

베라스와미는 교도소 민간인 외과의사이자 소장이다. 그는 뇌물을 받지 않는 정직한 사람이다. 작은 체구에 선해 보이는 인상을 지닌 그는, 엘리트 지식인이며 플로리와 친구로 지내는 사이다. 그러나 그는 카욕타다에 인맥과 기반이 없다. 그는 유럽인 클럽에 가입하기 위해 우 포 카인과 경쟁한다.

유럽인 클럽

유럽인 클럽은 백인들이 제국주의 지배와 관련한 의견을 주고받는 곳이다. 만약 원주민들이 이곳의 회원이 된다면 백인들만의 공간에 참여하는 특권을 누리는 것이니, 지배계급의 일원으로 신분이 상승하는 것이나 마찬가지인 것이다. 백인들과 같아질 수는 없겠지만, 더 이상 원주민과 같은 취급을 당하지 않을 뿐 아니라 원주민들로부터 부러움의 대상이 될 수 있다. 카욕타다의 유럽인 클럽은 원주민 회원이 없는 유일한 클럽이었기에, 원주민 엘리트들이나 부자들은 이 클럽의 회원이 되기를 갈망했다.

버마의 모든 도시에서 유럽인 클럽은 영혼의 성이자 영국의 영향력이 행사되는 실질적 중심지였다. 또 원주민 관리들과 큰 부자들이 헛되이 갈망하는 열반의 세계였다. 이 클럽의 경우는 더욱 그러했다. 버마에 있는 클럽 중에서도 동양인을 회원으로 받아들이지 않은 것을 자랑으로 삼는 거의 유일한 클럽이 이 카욕타다 클럽이었다.

회원이 되기 위한 경쟁

베라스와미와 우 포 카인은 카욕타다 유럽인 클럽의 회원이 되기 위해 서로 경쟁한다. 우 포 카인은 젊은 시절부터 중상모략과 매수 등을 통해 고위 공직자로 출세했다. 출세를 위해서라면 수단과 방법을 가리지 않고 무엇이든 하는 인물이다. 이에 비해 베라스와미는 인도의 2년제 대학을 나온 식민지 관료이다. 나름대로 품위를 갖추고 있지만 이곳 카욕타다에 기반이 없다. 하지만 그는 백인인 플로리와 친구 사이라서 은근히 플로리가 유럽인 클럽의 회원으로 추천해 주기를 바란다. 플로리 또한 원주민 가운데 클럽 회원을 뽑는다면 당연히 베라스와미가 될 것이라고 생각한다. 다만 이곳 원주민을 검둥이라고 무시하는 엘리스 같은 사람들이 있어 쉽지만은 않은 일이다.

이에 비해 우 포 카인은 클럽에 가입하기 위해 넘어야 할 산이 많다. 그래서 우 포 카인은 다양한 음모를 꾸민다. 그는 베라스와미가 중범죄인 반역 음모를 꾸민다는 투서를 여러 곳에 보내어 이

미지에 타격을 준다. 이뿐만 아니라 착취, 강간, 고문, 불법 수술, 취중 수술, 독살, 살인자들에게 사망진단서 팔기, 신발을 벗지 않고 불탑 경내에 들어가기, 헌병대 소년 동성애 미수 등으로 베라스와미를 고발해 버린다.

또한 우 포 카인은 공훈을 쌓기 위해, 시골 마을에서 원주민 반란을 꾸미고 직접 진압하는 일까지 벌인다. 그리고 플로리에게 버림받은 마 흘라 메이를 이용하여 소란을 피워 플로리의 도덕성에 치명타를 가함으로써 베라스와미를 클럽에 추천할 수 없게 만든다.

결국 우 포 카인의 이러한 음모는 성공할 뿐만 아니라 베라스와미와 친했던 플로리를 죽음으로 몰아넣기까지 한다. 플로리라는 버팀목을 잃은 베라스와미는 우 포 카인의 음모로 인해 악당 취급을 받고 보조의사로 강등되어 만달레이로 전근 가는 불명예를 안게 된다. 그리하여 우 포 카인은 불법적으로 모은 재산을 기부금으로 내고 유럽인 클럽의 회원이 되어 마침내 열반의 세계에 당당히 진입한다.

우 포 카인과 베라스와미의 유럽인 클럽 가입 경쟁을 통해서 오웰은 식민지 엘리트들 또한 백인들 못지않게 부패했음을 드러내고 있다. 우 포 카인은 그렇다 치더라도 베라스와미도 부패했다고 할 수 있을까? 베라스와미는 나름 정직하다고 할 수 있지만 그 또한 식민지적 사고에서 벗어나지 못했으며 자신의 출세를 위해 움직이는 인물이라는 점에서 비판을 받을 만하다. 오웰은 이처럼 제국주의 백인들과 제국주의 세계관을 가진 원주민 엘리트의 모습을 통해 제국주의 문명뿐만 아니라 식민지의 미래 또한 암울할 것임을 예견하고 있다.

4. 뒤바뀐 가치관과 그 의미

플로리와 베라스와미는 자주 만나 대화를 나눈다. 두 사람의 만남과 대화는 각자의 필요에 의한 것이라 할 수 있다. 플로리는 그나마 베라스와미와의 대화를 통해 마음 편한 시간을 보낼 수 있고, 베라스와미는 플로리와 가깝게 지내는 것을 성공의 보증 수표라고 믿고 있다. 오웰은 이 둘의 대화를 통해 제국주의의 모순을 하나씩 드러낸다.

플로리의 친구이자 의사인 베라스와미는 영국이 버마를 계몽시켜 발전하도록 만들었다고 생각한다. 그는 버마인들이 미개하고 미신과 무지에 빠져 퇴화한 인종이라고 여긴다. 그리고 그 역시 버마인들과 다를 바 없는 하위 계층이며 퇴화한 인종이고, 백인들은 '푸카 사히브'라 칭하며 지상의 소금과 같은 존재로 여긴다. 영국은 버마를 위해 도로 관개 사업을 해주었고, 각종 질병을 없앴으며, 경찰서·병원·학교를 세워 버마를 근대화시켰다고 믿는다. 즉 베라스와미는 영국의 버마 식민통치를 정당화하는 인물인 것이다.

이에 반해 플로리는 자신들이 버마를 점령한 것을 '의무적 사기 행위'라고 말한다. '영국의 지배에 의한 평화'라는 명분 아래 버마의 모든 민족문화를 말살하고 그들의 역사를 퇴보시키고 있다고 생각한다.

> 그들은 만날 때마다 정치적인 논쟁을 벌이곤 했다. 영국인인 플로리는 지극히 반영국적이었고, 인도인인 베라스와미는 광적으로 영국에 충성스러웠기 때문에 서로 입장이 뒤바뀐 논쟁이었다. 베라스와미는 영국인들을 열렬히 찬양했다. 영국인들에게 수없이 무시당했지만 그의 생각은 흔들리지 않았다. 그는 인도인인 자신은 열등하며 퇴화한 인종이라고 열을 올려 단정적으로 말하곤 했다.

자신의 위치나 입장과는 정반대의 태도를 취하는 두 사람. 이렇듯 모순되는 듯한 둘의 대화를 통해 오웰은 제국주의의 허상들을 폭로하고 있다.

영국은 식민지 버마에 위스키와 축구를 전파했지만, 실제로 중요한 것은 가르쳐주지 않고 있음을 플로리의 입을 통해 고발한다. 근대화의 산물이라고 하는 학교는 자신들의 식민 지배를 도울 노동력을 양산하는 곳임을 밝힌다. 또한 모슬린 천, 원양어선, 총 주

조 산업 등 버마에서 잘나가던 산업들이 영국이 지배한 이후로는 내리막길을 걷게 되었다고 이야기한다.

"검은 피부를 가진 버마의 불쌍한 형제들을 약탈하려는 게 아니라 삶을 개선하기 위해 우리가 여기에 와 있다는 것은 위선이에요. 어쩔 수 없는 위선이긴 하지만 그게 우리를 타락시키고 있지요. 그게 어떤 건지 원장님은 상상도 못 할 겁니다. 우리 마음속에 '좀도둑에 거짓말쟁이'라는 의식이 들러붙어 밤낮 괴롭히니까 스스로를 정당화하지 않을 수 없는 거예요. 현지인들을 대하는 우리의 추악한 태도의 바탕에는 대개 그런 의식이 있어요. 인도에 사는 영국인들이 자신들이 도둑이라는 걸 인정하고 허튼소리 없이 그냥 도둑질만 해 간다면 그나마 참아줄 만할지 모르겠군요."

35년간 일제강점기를 겪었던 우리나라에도 베라스와미나 우 포 카인 같은 사람이 많았을 것이다. 현재의 뉴스를 굳이 찾아보지 않더라도, 베라스와미처럼 사대주의 혹은 식민지 근대화론에 빠진 사람들을 쉽게 떠올릴 수 있다. 그런 점에서 《버마의 나날》은 우리의 역사와도 맞닿아 생각할 거리를 던져주는 작품이라고 할 수 있다.

동물농장

Animal Farm, 1945

1. 동물농장에서 벌어진 일

존스가 운영하는 매너농장(manor farm)의 늙은 수퇘지인 메이저는 꿈에서 계시를 받고는 '영국의 모든 들판을 동물들에게!' 라는 슬로건으로 동물주의를 주장한다. 이에 가장 똑똑한 돼지들이 중심이 되어 동물주의 혁명을 준비하며 '영국의 동물들'이라는 노래를 전파한다.

어느 날 존스와 일꾼들이 동물들의 먹이를 제때 주지 않은 것을 계기로 동물들이 혁명을 일으킨다. 그 결과, 존스 가족은 농장 밖으로 내쫓겼고 농장의 이름이 '동물농장'으로 바뀌었다. 이 농장은 인간의 통제를 벗어난 동물들만의 농장이었다. 동물들이 더는 인간들에게 착취당하지 않고 살 수 있게 된 것이다.

메이저의 뜻을 이어 나폴레옹, 스노볼, 스퀼러 이 세 돼지가 동물주의를 다듬고 7계명을 만들어 동물주의를 실현하는 데 힘쓴다.

이후 동물농장은 생산량이 늘어났고 동물들 사이의 다툼도 사라져 그야말로 모두가 평등한 지상낙원이라 할 만한 농장이 되었다. 이에 위협을 느낀 이웃 농장 사람들이 쳐들어오지만, 동물들은 외양간 전투에서 이겨 동물농장을 지켜낸다.

그런데 시간이 지나면서 동물주의 혁명을 이끌었던 돼지 계층이 점점 권력화되어 간다. 나폴레옹 등 권력자들은 농장 전체를 위해 일하는 돼지들의 건강을 위한다는 구실로 사과와 우유를 독점해 버렸다. 그리고 얼마 뒤 스노볼과 나폴레옹의 권력 투쟁이 일어난다. 이때 나폴레옹은 개들을 자신의 사병으로 만들어 풍차 건설을 주장한 스노볼을 축출해 버린다. 이제 나폴레옹이 관리하는 농장은 이전처럼 평등하지도, 공동의 이익을 도모하지도 않게 되었다.

나폴레옹은 스노볼이 원래부터 배신자였고 그가 했던 일들이 전부 위선이었다며 다른 동물들을 철저하게 속인다. 그러고는 자신과 자신을 따르는 무리가 농장에서 온갖 특혜를 누릴 수 있는 구조를 만들어 나간다. 게다가 자신에게 불만을 가진 동물들을 무자비하게 처형해 버린다.

이는 동물주의에 어긋날뿐더러 동물들 위에 군림하려는 독재적인 행태였다. 그러함에도 다른 동물들은 돼지들의 세뇌와 간교한 언행에 속아 전보다 나빠진 상황을 인지하지 못했다. 그래서 자연스럽게 농장 주인이 사용하던 집뿐 아니라 우유, 사과 등 많은 것을 돼지들이 차지하게 된다.

메이저가 이끌었던 동물혁명 후 가장 처음 내린 결정이 '인간들과 거래하지 않고 돈을 사용하지도 않는다'는 것이었다. 그런데 나폴레옹 일당은 이 결정도 무시하고, 풍차 건설에 필요한 원자재를 충당한다는 명목으로 외부 농장 사람들과 거래를 하게 된다. 이 와중에 인간에게 달걀을 판매할 거라는 결정이 내려지자 동물농장 최초의 반란이 일어나게 된다. 하지만 나폴레옹은 이에 굴하지 않고 닭에게 먹이 지급을 중단해 버리고는 개들을 시켜 다른 동물들을 철저히 감시한다. 결국 식량을 받지 못한 닭들 가운데 여럿이 굶어 죽게 된다.

그러던 어느 날, 인간들이 쳐들어와 풍차를 부순다. 이에 동물들은 격렬한 전투 끝에 인간들을 물리쳤다. 이 전투로 많은 동물들이 다치거나 죽었다. 결국 전투에서 이겼지만 그 영광은 나폴레옹과 돼지들에게만 돌아갔다.

생전에 풍차가 완공되는 것을 보는 것이 소원인 복서(말)는 '내가 더 일하겠다, 나폴레옹은 언제나 옳다.'라며 살신성인의 자세를 보였다. 하지만 풍차 전투에서 입은 총상이 다 낫지 않은 채로 무리하다가 쓰러져 버렸고, 돼지들은 그런 복서를 도살업자에게 팔아넘긴다.

시간이 흐르자 나폴레옹의 공식 칭호는 '우리의 지도자 나폴레옹 동지'로 바뀌었고, 농장에서 좋은 일이 생기면 나폴레옹의 덕으로 돌리는 등 그에 대한 우상화가 이루어졌다. 또한 동물농장은 공화국으로 선포되었으며, 나폴레옹은 단독으로 대통령 선거에 출마하여 만장일치로 대통령이 되었다. 그리고 스노볼이 만든 7계명은 하나의 계명으로 바뀐다.

돼지들은 동물농장의 모든 동물들 위에 군림했고, 인간처럼 두 다리로 걸어 다니며 인간이 할 법한 짓을 아무렇지도 않게 하고 다녔다. 이런 상황에서 나폴레옹은 근처의 농장주 대표단을 초대하여 만찬을 벌였고, 다른 동물들은 그 만찬을 몰래 훔쳐보게 된다. 나폴레옹은 만찬에 온 사람들에게, 지금까지 있었던 일은 모두 오해이며, 농장의 이름도 바꿀 거라고 말하고는 카드놀이를 시작했다. 만찬을 훔쳐보던 동물들이 돌아서서 가려는 순간, 만찬장 안에서 요란한 소리가 들렸다. 인간 필킹턴과 돼지 나폴레옹이 동시에 스페이드 에이스를 내놓은 것이었다. 둘은 서로 속임수를 썼다며 난장판을 벌이고 이 모습을 동물들이 지켜보는데, 위대한 지도자로 군림하던 나폴레옹이 실은 탐욕스러운 인간의 모습과 다를 바 없었다.

2. 타락해 가는 동물농장

매너농장의 메이저는 꿈에서 계시를 받고 나서 동물주의를 내세우며 혁명을 준비한다.

"두 발로 걷는 자는 모두 우리의 적이요, 네 발로 다니는 자와 날개를 가진 자는 모두 우리의 동지입니다. 그리고 또 하나 명심할 것은 인간과 투쟁하면서 절대 그들을 본받아서는 안 된다는 것입니다. 만약 여러분이 그들을 정복하더라도 절대 그들의 악덕을 받아들여서는 안 됩니다. 동물이라면 누구도 집에서 살거나 침대에서 자거나 옷을 입거나 술을 마시거나 담배를 피우거나 돈을 만지거나 장사를 해서는 안 됩니다. 인간의 습성은 악덕입니다. 그리고 특히 강조하고 싶은 것은 어떤 동물이든 동족을 탄압해서는 안 된다는 것입니다. 약하든 강하든, 총명하든 어리석든 우리는 모두 형제입니다. 어떤 동물도 다른 동물을 죽여서는 안 됩니다. 모든 동물은 평등합니다."

메이저의 연설을 들은 동물들은 반란을 일으켜 인간이 운영하던 매너농장을 동물농장으로 바꿔버린다. 그리고 이 연설을 토대로 동물주의 원칙 7계명을 만든다.

1. 두 발로 걷는 자는 누구나 적이다.
2. 네 발로 걷는 자와 날개를 가진 자는 누구나 동지이다.
3. 어떤 동물도 옷을 입어서는 안 된다.
4. 어떤 동물도 침대에서 자서는 안 된다.

5. 어떤 동물도 술을 마셔서는 안 된다.

6. 어떤 동물도 다른 동물을 죽여서는 안 된다.

7. 모든 동물은 평등하다.

혁명에 성공한 동물들은 이 7계명을 벽에다 써놓고 동물농장의 모든 동물들이 이것을 영원히 지키며 살아야 하고 불변의 법률로 알아야 한다고 말한다. 그러나 이 7계명은 영원하지도 불변하지도 않았다. 얼마 지나지 않아 네 번째 계명은 '어떤 동물도 침대에서 '시트를 깔고' 자서는 안 된다.'로 바뀌었고, 여섯 번째 계명은 '어떤 동물도 '이유 없이' 다른 동물을 죽여서는 안 된다.'로 바뀌어 버렸다. 그리고 다섯 번째 계명은 '어떤 동물도 '지나치게' 술을 마셔서는 안 된다.'로 변질된다. 그러다가 끝내는 단 하나의 계명만이 존재하게 된다.

모든 동물은 평등하다. 그러나 몇몇 동물들은 다른 동물들보다 더 평등하다.

처음에는 7계명이 모든 동물에게 평등하게 적용되었고, 금욕적이고 도덕적인 것을 강조했다. 그런데 시간이 지나면서 특정 계층의 탐욕 때문에 7계명이 조금씩 바뀌어 간다. 그러다 결국에는 하나의 계명으로 바뀌고 다른 계명은 다 사라져 버렸다. 평등하게 적용되던 계명은 '몇몇 동물'과 '다른 동물'을 구분지었고, '몇몇 동물'에게는 '더'라는 우위를 부여하여 사실상 평등이라는 개념을 부정해 버린 것이다.

동물들을 위한 금언도 바뀌었다. 본래는 '네 다리는 좋고, 두 다리는 나쁘다.'였는데, 몰래 걸음걸이를 연습한 돼지들이 두 다리로 걷게 되자 '네 다리는 좋고, 두 다리는 더 좋다.'로 바뀌게 되었다. 결국 돼지들은 위스키에 취하고, 침대에서 자며, 두 발로 걸어 다니고, 잡지를 구독하고, 라디오를 들으며, 채찍을 들고 다른 동물들을 부려먹기 시작했다.

> 열둘은 저마다 분노에 찬 목소리로 고함을 지르고 있었는데, 그 목소리가 모두 똑같았다. 그러고 보니 돼지들의 얼굴에 무슨 변화가 생겼는지 이제 알 수 있었다. 밖에서 지켜보던 동물들의 시선은 돼지에게서 인간으로, 인간에게서 돼지로, 또다시 돼지에게서 인간으로 왔다 갔다 분주했다. 그러나 누가 돼지이고 누가 사람인지 구별하기 어려웠다.

인간을 닮지 말아야 한다며 모든 동물들의 평등을 주창했던 혁명의 정신은 끝내 사라져 버렸다. 그리고 인간들과 돼지들의 모습을 구별하기조차 어렵게 되었다. 동물들이 혁명을 이루고 나서 동물주의 정신을 담아 내세웠던 7계명. 오웰은 이 7계명이 바뀌어 가는 과정을 통해 혁명의 정신이 어떻게 타락하고 변질되어 가는지를 보여주고 있다.

3. 복서가 죽임을 당한 이유

조지 오웰이 이 작품을 쓰던 당시 영국에서 말은 여러 가지 용도로 쓰이는 가축이었다. 마차를 끌거나 승마용으로 쓰이기도 했고, 경작을 하는 데에도 유용하게 활용되었다. 거기다 전쟁을 위해서 말을 징발하기도 했으니, 말은 유럽인들의 삶에 필요하고 유용한 존재였다. 이러한 말의 존재는 오웰이 《동물농장》을 구상하는 데 큰 도움이 되었다고 한다.

> 어느 날 나는(그때 나는 작은 시골에 살고 있었다.) 열 살쯤 되어 보이는 어린 소년이 좁은 길에서 짐마차를 단 말을 몰고 가는 것을 보았다. 말이 길에서 벗어나려고 하자 소년은 채찍을 휘둘렀다. 나는 문득 이런 동물들이 자신의 힘을 깨닫는다면 인간이 더 이상 동물들을 통제할 수 없을 거라고 생각했다. 인간은 자본가들이 프롤레타리아를 착취하는 것처럼 동물을 착취하고 있다는 생각이 들었다.
> 그래서 나는 동물의 관점에서 마르크스주의 이론을 분석해 보기로 했다.

이 글은 《동물농장》 우크라이나판 서문의 일부이다. 오웰은 채찍을 맞으며 끌려가는 말의 모습을 보고 《동물농장》을 구상하게 된 것이다.

오웰이 그의 에세이 〈정말, 정말 좋았지〉에서 이야기한 "어린 시절과 스무 살 무렵까지의 좋은 기억은 대부분 어떤 식으로든 동물과 관련이 있다."라는 이야기에서도 알 수 있듯이, 그는 동물을 좋아하는 사람이었다. 평소에 가축을 키우기도 했으며 동물에 대한 애정을 품고 있던 오웰은 이 소설에서 동물의 모습을 애정 어린 눈으로 묘사한다.

> 쌍두마차를 끄는 말인 복서와 클로버는 혹시라도 짚더미 속에 작은 동물들이 있을까 싶어 조심조심 천천히 몸을 사리며 널찍한 털북숭이 발굽을 옮기더니 함께 자리를 잡았다. 클로버는 중년에 접어든 뚱뚱하고 인자한 암말로, 네 번째 출산 뒤로는 예전 몸매를 되찾지 못하고 있었다. 복서는 키가 열여덟 뼘이나 되는 커다란 말로, 보통 말 두 마리를 합친 정도로 힘이 장사였다. 복서는 코 밑에 있는 흰 줄무늬 때문인지 어딘지 어수룩해 보였고 실제로도 머리가 썩 좋지는 않았지만, 한결같은 꼿꼿한 성격과 일할 때의 무지막지한 힘 덕분에 누구에게나 존경받았다.

복서는 작은 생명도 소중히 여기며, 꼿꼿한 성격에다 힘이 장사이고, 누구에게나 존경받지만 머리는 썩 좋지 않다. 복서는 스노볼이 인간의 비밀 첩자로 몰렸을 때 의문을 제기했는데, 이로 인해 배신자의 편을 들었다는 구실로 숙청의 대상이 되고 만다. 복서는 나폴레옹의 개들에 의해 숙청당할 위기에 처하지만 힘으로 개들을 물리치고 살아남는다.

그런데 복서는 그것이 나폴레옹의 명령에 따른 것이었음을 깨닫지 못했다. 도리어 이런 일이 생긴 것은 자신 때문이라고 생각하고 더 열심히 일한다. 농장의 어려운 일들을 극복하는 데 앞장서고 그 누구보다도 동물농장을 위해 최선을 다한다.

복서 혼자의 힘이 나머지 동물들 힘을 모두 합친 것과 비슷할 정도였다. 끌어 올리던 돌덩이가 미끄러지면 돌을 맨 동물들까지 언덕 아래로 절망적인 비명을 지르며 질질 끌려가곤 했는데, 그때마다 밧줄을 잡아 굴러가는 돌을 멈춰주는 것이 바로 복서였다. 복서가 가쁜 숨을 몰아쉬며, 널찍한 옆구리에 땀이 송골송골 맺힌 채 발굽으로 땅을 벅벅 긁으며, 한 발 한 발 안간힘을 써서 비탈길을 오르는 모습을 보면 누구나 감탄했다.

클로버는 그런 복서에게 너무 무리하지 말고 몸 생각도 하라고 충고했다. 하지만 복서는 전혀 귀 기울이지 않았다. 그가 내세운 두 가지 좌우명, 즉 '내가 좀 더 일하자'와 '나폴레옹은 항상 옳다'는 모든 문제에 적용되는 생각이었다.

그러나 복서의 좌우명은 그를 죽음으로 이끈다. '나폴레옹은 항상 옳다'고 생각하며 살았지만, 복서는 부패한 나폴레옹 세력에 의해 죽임을 당한 뒤 도살장으로 팔려 간다. 성실히 최선을 다했지만 비극적인 죽음을 맞이한 것이다.

오웰은 나폴레옹과 그를 따르는 돼지 일당의 독재를 저지할 수 있는 존재였음에도 그러하지 못한 우둔한 복서의 모습을 통해, 부패한 혁명이 어떻게 성실한 인간을 비극적으로 만드는지를 보여주고 싶었던 것이 아닐까.

4. 풍자가 담긴 우화

오웰은 《동물농장》 우크라이나판 서문에서 다음과 같이 밝혔다.

> 나는 지난 10년간 사회주의 운동의 부활을 위해 소련 신화를 파괴하는 일이 꼭 필요하다고 믿어왔다.
> 나는 스페인에서 귀국하고 나서 사람들이 쉽게 이해하고 다른 나라 말로도 쉽게 번역할 수 있는 이야기를 써서 소련 신화를 폭로하고 싶었다.

사회주의자였던 오웰은 1937년 스페인에서 돌아온 후부터 《동물농장》을 구상한다. 스페인 내전에서 맞닥뜨린 소련 사회주의 체제에 대한 분노가 시발점이 되었으며, 1943년 11월부터 쓰기 시작하여 1944년 2월에 집필을 마무리했다. 사회주의 운동의 부활을 위해서는 소련 신화를 파괴하는 것이 우선이라고 확신한 오웰은, 부패한 전체주의를 풍자하기 위해 우화 형식을 빌려 이야기를 풀어나갔다.

정치 풍자라는 관점으로 이 소설을 보면, 이 이야기는 1917년 볼셰비키혁명(10월 혁명) 이후 스탈린 시대에 이르기까지의 소련의 정치 상황을 대상으로 한다. 볼셰비키혁명은 니콜라이 2세의 차르 정권을 뒤엎고 이뤄낸 사회주의 혁명이다. 착취 계급을 없애고 평등 사회를 실현하고자 했던 이 혁명이 스탈린에 의해 어떻게 부패되어 가는지를 오웰은 이 풍자소설을 통해 보여주고 있다.

이런 맥락으로 보면 매너농장의 주인이었던 존스는 니콜라이 2세, 동물혁명 후 권력을 쥐었던 나폴레옹은 스탈린, 스노볼은 트로츠키에 해당하는 인물로 볼 수 있다. 동물주의를 주장하며 혁명에 불을 지폈던 메이저는 마르크스나 레닌쯤이 될 것이다. 스퀼러는 나폴레옹의 대변인이자 정치 선전주의자이다. 쌍두마차를 끄는 복서는 충성스러운 프롤레타리아이고, 클로버는 중산층, 벤저민은 냉소적인 지식인이다. 나폴레옹 일당을 충실히 따르는 개들은 스탈린 권력을 유지시켜 주는 비밀경찰 조직이고, 양들은 정치 선전만을 반복하는 무지한 대중들이다.

《동물농장》에서 벌어지는 사건들도 같은 맥락으로 살펴볼 수 있다. 동물들의 반란은 1917년 10월 혁명에 해당하고, 외양간 전투는 10월 혁명 이후에 일어난 내란, 암탉들의 반란은 1921년 크론슈타트 해군기지에서 있었던 수병들의 반란과 상응한다. 소설에 등장하는 풍차는 산업화와 농장의 집단화를 내건 1928년 '제1차 경제개발 5개년 계획'을 상징하는데, 풍차가 폭풍우에 의해 파괴된 것은 이 계획의 실패로 볼 수 있다. 동물들이 거짓으로 자백하는 것은 스탈린 대숙청 재판과 관련되며, 풍차의 두 번째 붕괴는 1941년 독일의 소련 침공으로 볼 수 있다. 그리고 마지막 부분에 나오는 돼지들과 인간들의 만찬은 '테헤란 회담*'을 풍자한 것으로 볼 수 있다.

이렇듯 이 소설은 러시아혁명을 비판하는 내용이다. 원래 사회주의자였던 오웰은 그가 신뢰하는 사회주의가 독재와 전체주의에 의해 망가져 가는 안타까움을 동물농장을 통해 풍자했다. 다시 말해, 오웰은 이 소설을 통해 러시아혁명이 시간이 지날수록 본래의 이상이 실종되고 타락하여 실패하고 말았음을 지적한 것이다.

이 소설은 소련 체제의 비판에만 그치는 것이 아니라 독재주의

* 테헤란 회담 1943년 11월 28일부터 12월 1일까지 미국 대통령 루스벨트, 영국 수상 윈스턴 처칠, 소련 공산당 서기장 스탈린이 이란의 수도인 테헤란에 모여 개최한 회담. 이 회담에서 3국은 서로의 협력과 전쟁 수행의 의지를 다지고, 이란의 독립과 주권·영토의 보전을 약속함.

와 전체주의에 대한 비판으로 확장된다. 부패한 독재자들은 어느 시대에나 존재하며, 착취당하는 사람들도 어느 곳에나 있기 때문이다. 나폴레옹을 포함한 돼지들은 어느 시대에나 있을 수 있는 부패한 권력 집단을, 복서나 클로버 같은 존재는 우직하고 성실하지만 권력에 휘둘리는 존재를 표상한다. 이러한 보편성을 지니기에, 소련이 붕괴되고 나서 한참이 지난 지금에도 이 소설이 여전히 의미를 지니는 것이다.

1984

Nineteen Eighty-Four, 1949

조지 오웰은 전체주의를 반대하고 민주적 가치를 지지하는 글들을 써왔다. 이런 그가 정치적 목적과 예술적 목적을 융합한《동물농장》의 성공에 힘입어 새롭게 구상하여 쓴 소설이《1984》이다. 1946년부터 집필하기 시작하여 1948년에 완성한 이 소설은, 완성한 해인 1948년의 뒷자리를 바꾸어 '1984'라는 제목으로 출간되었다. 이 소설은 상상력으로 만들어낸 미래사회의 모습을 통해 전체주의를 비판하는 내용인데, 오늘날에도 대표적인 사회 비판 소설로 읽히고 있다.

《1984》 속 세계는 오세아니아, 유라시아, 동아시아라는 세 강국으로 편성되어 있으며, 이들이 전쟁을 계속하고 있다. 이 세 강국 가운데 오세아니아가 이 소설의 공간적 배경이다. 오세아니아는 행정부를 4부로 나누어 통치한다. 보도, 연예, 교육 및 미술을 관장하는 진리부, 전쟁을 관할하는 평화부, 법과 질서를 유지하는 애정부, 그리고 경제 정책을 책임지는 풍부부. 그러나 정확하게 말하면 진리부는 거짓말을, 평화부는 전쟁을, 애정부는 고문을, 풍부부는 기아를 담당한다. 이러한 자가당착은 우연이 아니라 이중사고의 작용에 의한 것이다. 이중사고란 사람의 마음에 동시에 두 가지 상반된 신념을 갖게 하는, 따라서 그 두 가지를 모두 받아들이게 만드는 능력을 말한다.

이러한 행정부를 총괄하는 것이 바로 당이다. 당은 그야말로 만능이다. 당이 말하는 것은 언제나 진실이며 진리이다. 그러나 당은 사람들의 사상을 통제하고 개인의 사생활 및 인간성을 말살하기 위해 감시도 마다하지 않는다. 당의 감시와 통제는 텔레스크린과 마이크로폰을 통해 이루어진다. 텔레스크린은 사람이 존재하는 모든 곳에 존재한다. 개인의 방뿐만 아니라 거리 광장 등 사람이 많은 곳은 어디든지 설치되어 있다. 마이크로폰은 인적이 드문 산이나 야외에 숨겨져 있어 말하는 사람도 모르게 대화를 감청한다. 그리고 어디에 존재하는지도 모를 사상경찰이 사람들의 일거수일투족을 감시한다. 가장 안전하다고 생각하는 가정 또한 안전한 곳이 아니다. 아이들은 부모의 대화나 행동을 엿듣고 사상경찰에 고발하게끔 훈련되어 있다.

당은 역사를 날조하고 과거도 통제한다. '과거를 지배하는 자는 미래를 지배한다. 현재를 지배하는 자는 과거를 지배한다.'라는 이론을 만들어 과거의 기록들을 끊임없이 고친다. 그럼에도 불구하고 사람들은 이중사고 때문에 과거가 날조되었다는 사실을 알지 못한다. 과거가 날조되었다는 사실을 모른 채 날조된 사실을 진실로 믿게 된다. 역사 날조를 통해 과거를 통제하는 것이다. 그리하여 끝내는 진실과 허위를 구별하지 못하는 상태가 되어버리는 것이다.

당은 인간의 사고 능력을 통제하고 축소하기 위해 신어를 만들기도 한다. 옛날부터 써온 언어를 구어라 해서 폐기해 버리고 이를 대체하는 신어를 만들어 인간의 사고 범위를 축소시킨다. 신어를 통해 사고의 범위가 줄어든 사람들은 당이 원하는 인간으로 변하게 되는 것이다.

《1984》의 주인공인 윈스턴은 당의 감시와 통제, 날조, 사고의 축소 등에 저항하는 인물로, 인간성을 지닌 마지막 인간이다. 그는 다른 사람들과 달리 일기를 쓰고 사랑을 나눈다. 일기는 인간의 가장 사적인 활동이지만 이곳에서는 반역 활동이다. 줄리아와 사랑을 나누는 것 또한 반역죄이다. 인간의 가장 사적인 활동인 일기를 쓰고 사랑하는 사람과 사랑을 나누는 윈스턴은 끝내 당의 감시와 통제를 벗어나지 못한다. 그리하여 윈스턴은 당에 의해 끝내 인간성을 상실하고 만다.

《1984》는 윈스턴이라고 하는 한 인간이 전체주의에 의해 어떻게 무너지는가를 가상의 미래 공간을 통해 보여주는 작품이다. 유일하게 인간성을 지닌 윈스턴은 당에 저항하다가 결국 고문에 의해 철저하게 무너지는데, 그는 그토록 싫어하던 빅 브라더를 찬양하며 끝내 인간성을 잃은 채 비극적인 죽음을 맞는다.

1. 알아야 할 《1984》의 몇 가지

빅 브라더와 골드스타인

빅 브라더는 오세아니아의 절대적인 지배자로, 모든 인간 위에 군림하는 존재이다. 그는 오류를 범하지 않으며 전지전능하다. 모든 성공, 모든 성취, 모든 승리, 모든 과학적 발견, 모든 지식, 모든 지혜, 모든 행복, 그리고 모든 미덕은 그의 영도력과 영감으로 만들어진 것이다.

> 검은 머리카락에 검은 콧수염, 넘치는 힘과 신비스러운 침묵의 소유자인 빅 브라더의 얼굴이 나타났다. 사람들은 깊은 안도의 숨을 내쉬었다. 빅 브라더의 얼굴은 너무나 커서 화면이 가득 찼다. 빅 브라더의 말을 듣는 사람은 아무도 없었다. 그것은 단지 몇 마디 격려의 말이었는데, 전쟁터 북새통에서나 들을 수 있는, 일일이 알아들을 수는 없지만 그 말을 했다는 사실만으로도 신임을 되찾을 수 있는 그런 말이었다.

누구도 빅 브라더를 실제로 본 적이 없다. 그는 게시판에 보이는 얼굴이며 텔레스크린 속의 목소리다. 그는 절대로 죽지 않는 존재로, 당이 자기 존재를 세상에 드러내기 위해 만들어낸 허수아비에 불과하다. 그러나 언제 어디에나 존재하며, 항상 지켜보고 있는 존재이다.

이런 빅 브라더의 반대편에는 골드스타인이 있다. 그는 오래전 당의 지도자급 중 한 명이었으며, 한때는 빅 브라더와 거의 동등한 자리를 차지하고 있었다. 그러다 반혁명 활동에 개입하여 사형을 선고받았으나 기적처럼 탈출하여 자취를 감춰버렸다. 일급 반역자이며 당의 순수성을 첫 번째로 모독한 인물로, 그는 모든 반역 행위와 태업 행위, 이단, 분파 행위 등을 직접 교사한 것으로 알려져 있다.

그러나 빅 브라더와 마찬가지로, 그를 직접 본 사람은 아무도 없다. 골드스타인이 썼다는《과두정치적 집단주의의 이론과 실제》라는 책을 통해 그의 사상을 엿볼 수 있지만, 이 책도 그가 정말로 쓴 책인지는 알 수가 없다. 그는 다만 '2분 증오'의 증오 대상으로만 존재하고 있다.

2분 증오

11시부터 2분간 진행되는 프로그램으로, 주로 골드스타인을 증오하는 내용으로 이루어진다. 이 2분 증오가 무서운 이유는, 사람들이 어쩔 수 없이 증오에 가담하는 것이 아니라 자발적으로 그렇게 하게 만든다는 사실이다. 가식적으로 증오하는 것이 아니라, 30초 만에 복수심이 생기고, 죽이고 싶은 욕망과 쇠망치로 얼굴을 짓이겨 놓고 싶은 욕망이 무리에 흘러들어 그러고 싶지 않은 사람까지도 광적인 상태에 빠져들어 괴성을 지르게 한다. 이는 증오할 대상을 만들어 그 증오의 대상과 대조되는 빅 브라더를 찬양하게 만들기 위한 장치이다.

이뿐만 아니라 '증오 주간'을 따로 두어 증오를 집중적으로 할 수 있는 각종 프로그램들을 진행하기도 한다.

이중사고

이중사고란 사람의 마음 가운데 동시에 두 가지 상반된 신념을 갖게 하는, 따라서 그 두 가지를 모두 받아들이게 만드는 능력을 말한다. 거짓말을 하면서도 그것을 진실이라 믿고, 과거를 잊어버렸다가 필요할 때 다시 망각 속에서 기억해 낼 수도 있다. 자신이 현실을 조작하고 있다는 사실을 알고 있지만, 이중사고가 현실을 왜곡하거나 악화시키지 않는다고 믿는다.

이중사고의 대표적인 형태가 '전쟁은 평화. 자유는 굴종. 무식은 힘'이라는 슬로건이다. 전쟁 뉴스의 이런저런 대목이 사실이 아니라는 것, 전쟁 자체가 허위라는 것, 전쟁이 일어나지 않았다거나 발표된 것과 전혀 다른 목적을 위해 행해지고 있다는 사실을 알게 되어도 '전쟁은 평화'라는 이중사고 때문에 사람들은 현실을 있는 그대로 받아들이지 못할 뿐 아니라 전혀 문제시하지도 않는다. 당의 모든 계책은 이 이중사고를 바탕으로 하고 있다.

신어

신어는 오세아니아의 공용어로서 영사(영국 사회주의)의 이념적 필요에 따라 고안된 언어를 일컫는다. 1984년까지 의사 전달 수단으로 신어만 사용하는 사람은 없지만, 2050년에 가면 신어가 구어를 대체할 것으로 추정된다. 신어를 만들고 이를 쓰게 하는 목적은 영사 신봉자들에게 부합하는 세계관과 사고 습성에 대한 표현을 마련해 주고, 영사 이외의 다른 모든 사상을 가지지 못하게 하는 데 있다. 신어는 사고의 범위를 넓히기 위해 만들어진 것이 아니라 축소하기 위해 만들어진 언어이다.

당의 슬로건

'과거를 지배하는 자는 미래를 지배한다. 현재를 지배하는 자는 과거를 지배한다.' 당의 슬로건 가운데 하나인 이 슬로건은 당이 과거에 있었던 사실이나 역사의 모든 기록을 지배하고 모든 사람들의 기억까지 지배한다는 것을 의미한다. 이렇게 과거의 기록과 기억을 지배하는 당은 과거를 조작하여 미래에 있을 법한 저항이나 부정적인 상황들을 방지하고 사람들을 자신들의 뜻대로 조종할 수 있다.

과거는 불변의 사실이나 진리가 아니다. 그래서 현재를 지배하는 당은 과거를 끊임없이 당의 입맛에 맞추어 변화시킨다. 이렇게 현재 권력을 쥐고 있는 당이 과거의 기록과 기억을 지배하여 국가와 민족의 미래까지 제어할 수 있게 되는 것이다.

형제단

형제단은 당을 반대하는 지하조직을 가리킨다. 그러나 단원들끼리 서로 알아볼 방법이 없고, 극소수를 제외하고는 서로 신분을 아는 것도 불가능하다. 그런 까닭에 집단으로 행동하지 못하고, 다만 지식을 한 개인에서 다른 개인에게로, 또 한 세대에서 다른 세대로 전해 줄 뿐이다. 그러나 이런 형제단조차 그것이 실제로 존재하는지는 알 수 없다.

> "형제단이 존재하나요?"
> "윈스턴, 그건 절대 알 수 없는 일이네. 자네가 여기 일을 다 끝내고 풀려나서 아흔 살까지 산다 해도 그 질문에 대한 대답을 알 수 없을 거야. 그건 자네가 사는 동안 마음속에서 결코 풀리지 않는 수수께끼로 남을 것이네."

윈스턴의 질문에 오브라이언은, 아흔 살이 된다 해도 형제단의 존재를 알 수 없을 거라고 말한다. 형제단은 당에 저항하는 인물을 처단하기 위해 당이 만든 가공의 조직이기 때문이다. 당은 저항의 기미가 보이는 사람들을 반역 조직으로 몰아 처단하기 위해 '형제단'을 만들어낸 것이다.

2. 무너지는 윈스턴 스미스

외부 당원인 윈스턴 스미스는 서른아홉 살이며, 오른쪽 발목에 정맥류성 궤양이 있다. 그는 오세아니아에서 세 번째로 인구가 많은 런던에 있는 진리부 기록국에서 근무한다.

> 1930년경에 지은 낡은 아파트인데, 점점 허물어져 가고 있었다. 천장과 벽에서는 시멘트 가루가 계속 떨어지고, 수도관은 날씨가 추워지면 터지기 일쑤이고, 지붕은 눈이 올 때마다 새고, 난방장치는 절약한다는 구실로 꽉 잠가버리거나 사용할 때도 스팀이 반밖에 돌지 않았다. 제 손으로 직접 고치는 것 말고는, 뭐든 고치려면 멀리 떨어져 있는 당위원회의 인가를 받아야 했다. 그러자니 창틀 하나 고치는 데도 2년은 걸렸다.

윈스턴이 사는 곳은 승리맨션이라는 낡은 아파트인데, 매우 암울한 환경이다. 텔레스크린에서 과거보다 삶이 나아졌다고 외쳐

대지만, 그것이 사실이 아니라는 것을 그는 알고 있었다. 그는 어렵게 구한 노트에 일기를 쓰는데, 일기 쓰는 일은 당에서 금지하고 있는 일이었다.

1984년 4월 4일. 그가 처음 일기를 쓴 날이다. 그는 텔레스크린의 감시가 미치지 않는 곳에서 일기를 쓰는데, 이 일기가 발각되면 어떤 일이 일어날지를 예감한다.

사상죄는 죽음을 수반하는 것이 아니다. 사상죄는 죽음 그 자체이다.

윈스턴이 사는 세상에서 일기를 쓰는 일은 사상죄에 해당한다. 이 사상죄에 몰리면 죽을 수밖에 없음을 알지만, 그래도 그는 일기를 쓸 수밖에 없다. 절망적인 세상에서 할 수 있는 일이 그것밖에 없기 때문이다.

세상에 희망이 있다면 그것은 무산계급에게만 있을 뿐이다.

윈스턴은 무산계급, 그러니까 노동자들의 힘만이 이 세상을 바꿀 수 있다고 생각한다.

그들은 의식을 찾을 때까지 절대로 반란을 일으키지 않을 것이다. 그리고 반란을 일으키기 전까지는 의식을 찾을 수 없을 것이다.

하지만 윈스턴은 무산계급이 혁명을 일으킬 수 없을 거라는 것도 알고 있다. 당에서 사람들이 올바른 의식을 갖지 못하도록 끊임없이 감시하고 조작하기 때문이다. 이 감시와 조작 때문에 윈스턴 자신 또한 의식 없이 살고 있다.

나는 어떻게 하는지는 이해한다. 그러나 왜 하는지는 모른다.

윈스턴은 당에서 시키는 일만 하며 산다. 그 일을 어떻게 해야 하는지는 알지만 왜 하는지는 모른 채. 그러면서 끊임없이 당에서 내려오는 대로 과거를 왜곡한다.

자유란 2 더하기 2는 4라고 말할 수 있는 자유이다. 그 자유가 허락된다면 그 밖의 모든 것은 여기에 따른다.

일에서도 삶에서도 자유가 없는 윈스턴은 그나마 일기를 통해 사실을 사실대로 말하고 자유로운 삶을 이야기하며, 또 평범한 삶을 꿈꾼다.

자유롭고 평범한 삶을 꿈꾸는 윈스턴은 줄리아와 사랑을 나눈다. 줄리아에게 '당신을 사랑해요.'라는 쪽지를 받고 어렵게 사랑을 시작한다. 처음에 윈스턴은 그녀가 사상경찰의 끄나풀이라고 오해했다. 스물여섯 살인 그녀는 진리부 창작국에서 소설 제작을 맡고 있으며, 서른 명의 여자들과 합숙소에서 생활한다. 스파이단의 단장을 지낸 적도 있고, 청년반성동맹에 들어가기 전에는 청년동맹 지부장이었다.

> "저를 훌륭한 당원이라고 생각했을 거예요. 말도 행동도 모두 그랬으니까요. 주장이며 행진, 슬로건, 게임, 단체 행군 등 모두가요. 그러니까 꼬투리만 잡으면 당신을 고발해서 처형당하게 할 거라 생각했군요?"

그러나 줄리아는 자유분방한 사고를 지닌 여자이다. 자유분방이 죄가 되는 시대와 걸맞지 않은 성격을 지닌 것이다. 이론적이거나 이성적인 이유로 당을 싫어하는 것이 아니라 자유가 구속되는 것을 본능적으로 싫어한다. 그녀는 당의 강령, 영사의 원리, 이중사고, 과거 조작과 객관적 사실에 대한 부인, 그리고 신어의 사용 등에 대해서 관심이 없다. 그냥 있는 그대로 살아가는 것을 방해하고 현재의 삶을 억압하는 당을 싫어할 뿐이다.

인간에 대한 사랑, 동물적인 본능, 상대를 가리지 않는 단순한 욕망…… 이런 것이야말로 당을 박살 낼 힘이 된다고 믿는 윈스턴은 본격적으로 그녀와 사랑을 나눈다. 그는 채링턴 씨의 집 2층을 빌려 줄리아와 진짜 커피와 진짜 홍차를 마시며 함께 시간을 보낸다. 줄리아는 화장도 하고 향수도 뿌리며, 스타킹과 하이힐도 신는다. 당원 동무가 아닌 여자로서 반역을 꿈꾸는 것이다. 그러나 둘은 이미 예감하고 있었다. 언젠가는 당에 잡혀가서 고문당할 것임을.

그녀가 말했다.

"자백은 말이에요…… 결국 하게 될 거예요. 모든 사람이 다 하는 거니까요. 당신도 별수 없을 거예요. 놈들이 고문할 테니까요."

"나는 자백을 하려는 게 아니야. 자백은 배신이 아니니까. 당신이 하는 말이나 행동은 중요하지 않아. 감정이 문제일 뿐이야. 놈들 때문에 내가 당신을 사랑하지 않게 된다면 그건 정말 배신이지."

줄리아는 그것을 거듭 생각하고는 이렇게 말했다.

"놈들은 그럴 수 없어요. 놈들한테 딱 하나 불가능한 게 그거예요. 당신이 무슨 말이든 자백하게 할 수는 있어요. 무엇이든요. 그렇지만 당신이 그 말을 믿게 할 수는 없어요. 당신 속까지 파고들 수는 없다고요."

그들의 예상대로 둘은 함정에 빠져 감옥으로 끌려가 폭행과 고문에 시달린다. 윈스턴은 간수들이 요구하는 어떤 거짓이든 자신이 저질렀다고 자백한다. 하지만 그는 어떤 자백을 하더라도 마음속으로는 줄리아를 배신하지 않겠다고 다짐했다. 그렇게 모진 고문을 당하다 눈을 뜨니, 놀랍게도 오브라이언이 그를 바라보고 있었다. 오브라이언은 윈스턴이 반역의 무리라고 믿고 있던 존재이다.

오브라이언은 전체의 2%도 안 되는 내부당원에 속하는 인물이다. 몸집이 크고 건장한 데다 굵은 목에 상스럽고 우스꽝스러운 짐승 같은 낯짝을 하고 있다. 하지만 이런 험악한 외모와는 달리 신사 같은 태도를 보인다. 윈스턴은 이런 오브라이언에게 흥미를 느낀다. 그 이유는 그가 정치적 신념이 완전무결하지 못할 것 같다는 은근한 믿음, 아니 어쩌면 믿음이라기보다는 단순한 희망 같은 것 때문이었다.

윈스턴은 그 희망으로 오브라이언을 찾아가 당의 유일한 반대세력인 지하조직 형제단에 가담한다. 그리고 그는 오브라이언에게서 골드스타인이 쓴《과두정치적 집단주의의 이론과 실제》라는 책을 얻는다.

> 그 책은 윈스턴을 매혹했다. 더 정확히 말하자면, 그에게 확신을 불어넣었다. 그 책에서 새로운 어떤 것을 얻지는 못했으나, 바로 그것이 그를 잡아끄는 이유였다. 그의 흩어진 생각들을 하나로 정리하면, 그 책은 바로 그가 말하고 싶었던 것을 이야기하고 있었다. 그와 비슷한 생각을 바탕으로 쓴 책이지만 더욱더 강력하고 체계적이고 훨씬 용감한 것이었다. 가장 훌륭한 책이란 독자가 알고 있는 사실에 대해서 말해주는 것이라는 생각이 들었다.

골드스타인의 책은 윈스턴이 품고 있던 생각을 체계적으로 정리한 내용이었다. 윈스턴은 그 책을 읽고 나자 자신이 전혀 미치지 않았다는 사실을 이전보다 더 확실히 알 수 있게 되었다. 세상에는 진실과 진실이 아닌 것이 있는 법이며, 부조리하고 거짓된 세상에 대항하며 진실에 달라붙어 있다면 그것은 미친 것이 아님을 깨닫게 된 것이다.

그러나 오브라이언은 사상경찰의 우두머리였다. 그는 윈스턴을 완전한 당원으로 개조하기 위한 계획을 세운다. 그 계획은 윈스턴이 줄리아에 대한 사랑을 마음 깊은 곳에서부터 배신하도록 만드는 것이었다. 오브라이언은 윈스턴이 두려워하는 쥐를 이용하여 악랄하게 고문한다. 이로 인해 엄청난 공포에 빠진 윈스턴은 끝내 자신을 괴롭히지 말고 줄리아를 괴롭히라고 소리치게 된다. 자신이 아닌 줄리아에게 모든 죄가 있다고 떠넘기며 그녀를 배신해 버린 것이다.

자백하게 만들 수는 있을지언정 마음속까지 어쩌지는 못할 거라고 믿었던 생각과는 달리, 너무도 쉽게 사상 개조가 이루어져 버렸다. 결국 윈스턴은 당의 지도자인 빅 브라더를 사랑하며 죽을 날을 기다리게 된다.

3. 전체주의가 권력을 유지하는 방법

감시와 통제

> 계단참에 이를 때마다 엘리베이터 맞은편 벽에 붙어 있는 거대한 얼굴의 포스터가 그를 응시했다. 포스터는 아주 교묘하게 고안되어서 사람이 움직일 때마다 그 눈초리가 따라 움직였다. '빅 브라더는 당신을 지켜보고 있다.'라는 문구가 그 밑에 적혀 있다.

계단참에만 포스터가 있는 것이 아니라 전망이 좋은 곳이면 어디에나 있다. 포스터뿐만 아니라 헬리콥터에서도 창문 너머로 사람들을 염탐한다. 언제 어디에나 감시의 눈초리가 존재하는 것이다. 실내에서는 텔레스크린이 사람들을 감시하는데, 윈스턴의 집에도 거실 오른쪽 벽면에 흐린 거울처럼 텔레스크린이 달려 있다. 이 텔레스크린은 소리는 줄일 수 있어도 아예 꺼버릴 수는 없다. 당은 이 텔레스크린을 통해 사람들을 감시한다. 아무리 작은 소리라도 모두 파악되며 모든 행동은 당에 전달된다. 텔레스크린이 설치되지 않은 곳에는 마이크로폰이 숨겨져 있으니, 사람들이 있는 모든 곳에는 감시 도구가 존재하는 셈이다.

그러나 이것들보다 더 무서운 것이 사상경찰이다. 사람들은 자신이 언제 어떻게 감시되고 있는지를 알지 못한다. 그러나 사상경찰이 언제나 감시하고 있다는 사실은 알고 있다. 자신들이 하는 말을 누군가가 늘 듣고 있고, 완전한 어둠이 아니고서는 자신들의 행동도 감시당하고 있다는 것을 인식하며 살아간다. 거기다 누가 사상경찰일지 모르기 때문에 모든 주위 사람들을 의심할 수밖에 없다.

윈스턴 또한 이러한 감시 체계를 잘 알기에 텔레스크린에 등을 돌려 앉기도 하고, 텔레스크린을 마주 볼 때는 억지로라도 유쾌한 표정을 짓는다. 그리고 자신의 일기장이 발각될까 봐 일기장에 먼지를 올려놓기도 한다. 그러나 윈스턴의 이런 노력은 아무 소용이 없었다. 당에서는 그를 7년 전부터 감시해 왔고, 일기장 위에 올려둔 먼지마저 알아챌 정도로 치밀했기 때문이다. 이러한 감시 속에서 개인이 자신을 방어할 방법은 없다.

거기다 당에서는 사람들의 기상 시간을 통제하고, 텔레스크린의 지시에 따라 운동하게 한다. 2분 증오를 통해 감정과 사상도 통제한다. 신어 또한 당의 통제 수단이다. 신어의 어휘는 점점 줄어들고 단순화되는데, 이에 따라 사고와 인식의 폭이 좁아지도록 하기 위한 것이다. 결국 신어는 사람들의 독립적인 사고를 제한함으로써 그들의 정신을 통제하는 수단이 된다.

이렇게 당은 개인의 삶을 완전히 감시되고 통제한다. 사람들은 당이 시키는 대로, 당이 원하는 삶을 살 수밖에 없다. 당은 이러한 감시와 통제를 통해 그들의 권력을 유지하는 것이다.

조작

당은 또한 현재를 정당화하고 권위를 유지하기 위해 과거를 끊임없이 조작한다. 오세아니아는 유라시아와는 전쟁을 하는 반면, 동아시아와는 동맹을 맺고 있다. 4년 전만 하더라도 오세아니아는 동아시아와 전쟁을 하고 유라시아와는 동맹을 맺고 있었다. 그러나 공식적으로는 동맹국이 바뀌지 않은 것으로 되어 있다. 그러니까 현재의 적을 적대화하기 위해 전에도 그랬던 것처럼 과거를 조작해 버린 것이다.

> 사임이 사라졌다. 어느 날 그가 결근했는데, 생각 없는 몇 사람이 결근한 사실을 말해버렸다. 그러나 다음 날은 아무도 그에 대해 말하지 않았다.
> 사흘째 되던 날, 윈스턴은 게시판을 보려고 기록국 현관에 들어섰다. 게시물 중 하나에 사임이 속해 있던 체스위원회 위원 명단이 인쇄되어 있었다. 그 명단은 전에 붙어 있던 것과 똑같아 보였지만(지운 흔적이 전혀 없었기에), 이름 하나가 모자랐다. 그것으로 충분히 알 수 있었다. 사임은 존재하지 않고, 과거에도 존재한 일이 없는 것이다.

당에 대해 비판적이었던 기록국의 사임은 어느 순간 사라지고 모든 기록도 말소된다. 사임이 살았던 과거가 사라진 것이다. 이렇게 당의 필요에 따라 과거는 끊임없이 바뀐다. 결국 과거란 존재했었으나 존재하지 않는 것과 마찬가지다.

> 역사는 멈추고 말았어. 당이 밤낮으로 끝없이 옳다고 내세우는 현재만 있을 뿐이야. 물론 과거가 조작되었다는 것을 나는 알고 있어. 그러나 내 손으로 날조하면서도 그 날조된 것을 내가 증명할 수가 없는 거야. 일단 조작이 되고 나면 증거가 남지 않으니까. 유일한 증거는 내 마음속에 있을 뿐인데, 난 누구도 나와 같은 기억을 가지고 있다고 장담할 수가 없어.

이렇게 당에 의해서 고쳐진 과거는 역사가 되고 진실이 된다. 과거는 조작되고, 조작되었다는 사실은 잊히고, 거짓된 과거가 사실이 되고 만다.

'과거를 지배하는 자가 미래를 지배하며, 현재를 지배하는 자가 과거를 지배한다.'라는 당의 슬로건은 당이 어떻게 과거를 조작하는지 잘 보여주는 구호이다. 이처럼 당이 역사를 조작하는 까닭은 당의 무오류성을 보장하기 위한 것이며 빅 브라더의 영광을 위한 것이다. 당은 이를 통해 끊임없이 권력을 유지한다.

처벌

당의 처벌은 101호실을 통해 잘 드러난다. 무지막지한 고문을 당했던 죄수들조차도 101호실에 들어가기를 거부한다. 101호실은 죽음보다 더 끔찍한 장소이다. 그래서 죄수들은 101호실로 끌려가지 않으려 몸부림친다.

오브라이언이 말했다.

"자네가 언젠가 물어봤었지. 101호실에 뭐가 있냐고 말이야. 나는 자네가 이미 알고 있다고 답했어. 모든 사람이 이미 알고 있다고 말이야. 101호실에 있는 건 세상에서 가장 끔찍한 것이야."

101호실에는 죄수들이 가장 두려워하는 그 무엇이 있다. 오브라이언의 말처럼 '세상에서 가장 끔찍한 것'이 있는 곳이 101호실이다. 사람마다 끔찍하게 여기는 것이 다르겠지만, 그 끔찍한 것으로 고문하는 곳이 101호실이다. 윈스턴도 온갖 고문을 받고 나서 101호실로 끌려가게 된다. 그곳에는 그가 가장 무서워하는 쥐가 있었다.

이렇듯 당은 101호실의 고문을 통해 사람들에게 고통과 모욕을 준다. 인간의 마음을 갈기갈기 찢어 자신들이 원하는 새로운 모양으로 다시 뜯어 맞춘다. 101호실은 공포와 고통의 세계이며, 인간성을 짓밟는 세계이다.

"충성심은 당에 대해서만 가질 수 있는 마음이야. 사랑 역시 빅 브라더에 대해서만 가질 수 있지. 웃음은 패망한 적에 대한 승리감에서 우러나오는 것일 뿐이야. 예술도 문학도 과학도 필요가 없어. 우리가 전능해지면 과학 따위는 더 이상 필요 없게 돼. 아름다움과 추잡함의 구별도 필요 없고, 호기심도 필요 없고, 살아가는 과정에서의 즐거움도 없을 거야."

당은 이렇게 당에 반역하는 무리를 처벌함으로써 당에 충성하고 빅 브라더를 사랑하는 사람으로 바꾸어 버린다. 다시 말해서, 절대로 당의 권력에 대항할 수 없는 사람으로 만들어 그 권력을 유지하는 것이다.

4. 전체주의가 파괴하는 삶

사라진 사생활

1984년 4월 4일, 윈스턴 스미스는 암시장에서 산 공책에다 일기를 쓰기 시작한다. 일기 쓰는 일이 불법은 아니지만, 일단 발각되면 사형을 받거나 적어도 25년 강제노동형을 받게 된다. 왜냐하면 감시와 통제의 대상인 사람들에게 사생활이란 존재하지 않으며, 존재해서도 안 되기 때문이다.

윈스턴의 등 뒤에 있는 텔레스크린에서는 아직도 선철과 제9차 3개년 계획의 초과 달성을 왁자하게 지껄여 대는 소리가 흘러나오고 있었다. 텔레스크린은 송수신을 동시에 했다. 윈스턴이 입 밖에 내는 말은 아무리 작은 소리라도 그 기계가 들을 수 있었다. 더구나 이 금속판의 시야 안에 있는 한 그가 하는 모든 행동은 보이고 들리게 되어 있었다. 물론 언제 감시를 받는지는 알 수 없었다. 사상경찰이 얼마나 자주, 어떻게 개인에게 감시의 촉수를 뻗칠지는 추측할 수밖에 없었다. 어쩌면 그들은 모든 사람을 한시도 눈을 떼지 않고 감시하는지도 몰랐다.

아무튼 그들은 자기네가 그러고 싶으면 언제라도 감시의 손을 뻗칠 수 있었다. 사람들은 자기들이 입 밖에 내는 소리는 모두 누군가 듣고 있고, 캄캄한 때를 제외하고는 일거수일투족이 빠짐없이 탐지된다는 것을 아는 채로 살아야 했고, 또한 그것이 본능이 되어버릴 만큼 습관이 들어 있었다.

윈스턴의 방 벽 한쪽에 깊숙하지는 않지만 움푹 들어간 곳이 있다. 그 구석에 앉아 몸을 잘 젖히기만 하면 텔레스크린의 감시망에서 벗어날 수 있었다. 그는 그곳에서 목숨을 걸고 일기를 썼다. 하지만 윈스턴은 종이에 무엇을 쓰는 행위가 반역으로 처벌될 수 있는 지독한 세상에 살고 있었다. 이런 무지막지한 전체주의 때문에 인간의 삶은 파괴되어 갈 수밖에 없다.

일기를 못 쓰게 하는 것은 과거 조작과도 연결된다. 당이 과거를 조작하기 위해서는 사람들이 기록을 남겨서는 안 된다. 만약 사람들이 기록을 남긴다면 당이 과거를 조작하고 있다는 것이 드러날 수도 있기 때문이다.

가정 붕괴

오세아니아에도 가족제도가 존재한다. 가족제도는 인간 생활에서 없앨 수 없기에 옛날 방식 그대로 자신들의 아이들을 사랑하도록 권장한다. 그러나 아이들에게는 부모에게 반항하도록 계획적으로 교육한다. 즉 부모들을 정탐하고 그들의 일탈행위를 보고하도록 길러진다.

> 저 애들 때문에 그 불쌍한 부인은 평생을 공포 속에서 살아야 할 거라고 그는 생각했다. 1, 2년이 지나고 나면 아이들은 이단이라는 눈치를 채고 밤낮으로 저희 어머니를 감시하게 될 것이다. 요즘은 아이들 대부분이 무서운 존재이다. 가장 악랄한 점은 스파이단 같은 조직체의 힘에 의해 아이들이 제도적으로, 어떻게 통제할 수 없는 작은 야만인으로 바뀌는 것이다. 더구나 당의 규율에 반발하는 성향은 전혀 나타나지 않는다. 반발은커녕 그들은 당과 당에 관계되는 모든 것을 찬양할 뿐이다.

파슨스 부부에게는 어린 남매가 있다. 어느 날 파슨스 씨가 잠을 자다 잠꼬대로 "빅 브라더 타도!"라고 외친다. 이것을 일곱 살짜리 어린 딸이 듣고 사상경찰에 고발해 버린다.

이처럼 가족끼리 서로를 감시한다는 것은, 가장 가까운 곳에 밀고자를 두고 살아가는 것이다. 사상경찰의 앞잡이가 된 아이들과 함께 살아가야 하는 가족. 더 이상 사랑으로 함께하는 가정이란 존재하지 않는다.

줄어드는 언어 능력

오세아니아는 새로운 공용어인 신어를 만든다. 이 신어는 사회주의 이외의 다른 사상을 가지지 못하게 할 목적으로 만들어졌다.

> "신어를 만든 목적이 사람들 사고의 폭을 좁히려는 데 있다는 걸 자네는 모르겠나? …… 해가 갈수록 낱말은 그 수가 점점 줄고, 그러면서 의식의 범위도 점점 좁아지는 거지."

언어의 주된 목적은 원활한 의사소통이지만, 신어는 사람들 사고의 폭을 축소하는 것이 주된 목적이다. 사회주의에 들어맞는 언어만 살아남아 다른 사상은 가질 수 없게 하려는 것이다. 빅 브라더가 원하는 생각만 존재하는 세상을 만들기 위해 신어가 만들어진 것이다.

사라진 사랑

오세아니아에서 결혼은 사랑의 결실이 아니다. 결혼의 유일한 목적은 당에 충성할 아이들을 낳는 것이다. 그렇지만 당에서는 성욕을 불결한 것으로 여겨, 결혼하더라도 인공수정으로 아이를 갖게 했고, 아기가 태어나면 공공기관에서 기르게 했다.

오세아니아에서 성행위는 반역이며 성적 욕망은 사상죄로 처벌되었다. 이렇게 인간이 가지는 사랑의 감정을 억제한 까닭은 당의 통제에서 벗어난 자기만의 세계를 용납하지 않았기 때문이다. 또한 성욕을 억제함으로써 생기는 불만을 전쟁열이나 빅 브라더 숭배로 전환시키려고 했다. 사람들이 서로 사랑하고 만족스러운 부부생활을 하며 행복감에 빠진다면 빅 브라더나 3개년 계획이나 2분 증오에 열광하지 않게 될 것이기 때문이다. 사랑이라는 개인의 행복을 없애고 오직 당과 빅 브라더에게 순종하는 인간을 만들기 위해 사랑을 불결한 것으로 만들어버린 것이다. 애정부라는 조직을 두어 사랑에 대한 억압과 사찰을 관리할 만큼, 당에서는 이를 통제하는 것을 매우 중요하게 여겼다.

5. 현대사회와 《1984》

《1984》는 미래에 대한 절망과 그 절망에 대한 경고를 이야기하는 소설이다. 독재를 통한 전체주의가 지속된다면 모든 인간은 인간의 본질을 상실한 영혼 없는 인간이 될 것이다. 제대로 판단할 수도 없으며 자신이 왜 사는지도 알지 못하고, 그저 숨만 쉬며 생존하는 존재가 될 것이라고 이야기한다. 그래서 오웰은 소설의 마지막 장면을 매우 비극적으로 묘사하고 있다.

> 그는 그 거대한 얼굴을 쳐다보았다. 대체 저 검은 콧수염 속에 어떤 미소가 감춰져 있는지 알아내는 데 40년이란 세월이 걸렸다. …… 두 줄기 눈물이 코 옆으로 흘러내렸다. 그러나 잘되었다. 모든 것이 잘되었다. 투쟁도 끝났다. 그는 자신을 이긴 것이다. 그는 빅 브라더를 사랑했다.

윈스턴은 의지를 가진 마지막 인간이었으나 끝내 의지를 잃어버리고 빅 브라더를 사랑하게 된다. 인간의 본질을 상실한 인간이 되어 죽을 날만 기다리는 것이다. 당은 감시와 조작, 처벌을 통해 윈스턴을 당에 맞는 인간으로 교화시켰다. 텔레스크린과 마이크로폰이라는 문명의 기계를 통해서, 사상경찰의 끊임없는 감시를 통해서 그를 손쉽게 굴복시킨 것이다.

《1984》의 이 마지막 장면을 통해 오웰은 암울한 미래를 보여준다. 의지를 갖고 살아가던 마지막 인간이 소멸하는 모습을 통해, 문명의 발전이 인간의 미래를 어떤 방향으로 끌고 갈지 한 번쯤 생각해 보게 한다.

> 인쇄술의 발명은 국민 여론을 쉽게 조작할 수 있게 했고, 영화와 라디오가 그것을 한층 더 진전시켰다. 텔레비전의 발전과 한 번에 동시에 송수신이 가능한 기계의 발명으로 개인의 사생활은 더 이상 존재하지 않게 되었다. 모든 시민들, 적어도 감시할 만한 가치가 있는 중요한 인물들은 하루 24시간 경찰의 시선 아래 있어야 하며, 다른 모든 통신망은 다 봉쇄된 채 정부 선전만 들어야 한다. 그래서 국가가 하자는 대로 완전히 복종할 뿐 아니라 모든 국민의 의사를 획일화시킬 수 있는 가능성이 처음으로 출현하게 되었다.

《1984》는 가상의 미래 세계에 관한 이야기로, 문명이 발달한 미래 세계에서 발생할 수 있는 전체주의에 대한 경고를 담고 있다. 오웰은 이 소설에서 권력이 한 곳에 집중하는 전체주의는 문명의 도구를 통해 사람들을 감시할 수 있다고 예측한다. 그리하여 사람들을 복종하게 하고 사람들의 의사를 획일화시킬 수 있음을 경고한다.

21세기는 오웰이 상상했던 것보다 훨씬 더 문명의 발전이 이루어졌다. 시민의 안전과 편의라는 핑계로 사람들은 빅 데이터의 수집 대상이 되었다. 우리의 모든 정보는 그 소유자가 누구인지도 모를 권력의 관계망 속으로 흘러 들어간다. 도심 곳곳의 CCTV는 물론 자동차의 블랙박스가 우리를 쳐다보고 있다. 사람들이 쓰는 카드를 통해, 사람들이 보는 인터넷을 통해 각자의 생활 방식이 누군가에게 읽힌다. 이제 사람들의 모든 행동은 자료화된다. 행동뿐만 아니라 사상과 감정, 아이디어와 표현의 영역까지도 그렇다. 그것도 누구의 강제가 아닌 사람들의 편의를 위해.

《1984》는 전체주의를 풍자한 소설이다. 지금은 전체주의 시대가 아니니 문제가 없다고 생각할 수도 있다. 그러나 수많은 정보를 집적한 누군가가 그 정보를 통해 빅 브라더가 되지 않으리라 단언할 수는 없다. 정보를 독점한 소수가 이 정보를 토대로 권력을 갖고, 그 권력을 통해 또다시 정보를 수집하여 우리를 《1984》의 윈스턴으로 만들지도 모를 일이다.

세계문학을 읽다 6

조지 오웰을 읽다

1판 1쇄 발행일 2023년 5월 29일

지은이 이정관

발행인 김학원
발행처 (주)휴머니스트출판그룹
출판등록 제313-2007-000007호(2007년 1월 5일)
주소 (03991) 서울시 마포구 동교로23길 76(연남동)
전화 02-335-4422 **팩스** 02-334-3427
저자·독자 서비스 humanist@humanistbooks.com
홈페이지 www.humanistbooks.com
유튜브 youtube.com/user/humanistma **포스트** post.naver.com/hmcv
페이스북 facebook.com/hmcv2001 **인스타그램** @humanist_insta

편집책임 문성환 **편집** 윤무재 **디자인** 이수빈
용지 화인페이퍼 **인쇄** 청아디앤피 **제본** 민성사

ISBN 979-11-6080-915-2 44800
979-11-6080-836-0 (세트)